公元787年，唐封疆大吏马总集集诸子精华，编著成《意林》一书6卷，流传至今
意林：始于公元787年，距今1200余年

意林®轻文库

轻小说 青春最美，梦想出发
中国式优质轻小说第一品牌

第二继承人(中)

潘多拉之心

FU XIAOFU 福小福 著

吉林摄影出版社
·长春·

意林轻小说 出品

图书在版编目（CIP）数据

第二继承人（中）潘多拉之心 / 福小福著. —— 长春:吉林摄影出版社, 2017.1
（意林轻文库. 恋之水晶系列019）

ISBN 978-7-5498-2872-2

Ⅰ.①第… Ⅱ.①福… Ⅲ.①长篇小说－中国－当代 Ⅳ.①I247.5

中国版本图书馆CIP数据核字(2016)第305085号

第二继承人 中 潘多拉之心
DI-ER JICHENGREN ZHONG PANDUOLA ZHI XIN

著　　者	福小福
出 版 人	孙洪军
总 策 划	安　雅　张　星
责任编辑	施　岚　胡晓路
图书统筹	凉小葵
特约编辑	杨　宁
绘　　图	阿飘洛书
书籍装帧	胡静梅
图书设计	张云丽
作家经纪部	卢晓凤
开　　本	700mm×1000mm　1/16
字　　数	300千字
印　　张	14
版　　次	2017年1月第1版
印　　次	2017年1月第1次印刷

出　　版	吉林摄影出版社
发　　行	吉林摄影出版社
地　　址	长春市泰来街1825号
	邮编：130062
电　　话	总编办：0431-86012616
	发行科：0431-86012602
网　　址	www.jlsycbs.net
经　　销	全国各地新华书店
印　　刷	河北鹏润印刷有限公司

书　　号	ISBN 978-7-5498-2872-2	定价：25.00元

版权所有　侵权必究
如发现印装质量问题，请与印务部联系退换，电话：010-51908584

目录 Contents

001 / 第一章
天使的最后一个愿望

025 / 第二章
幸福是镜花水月

045 / 第三章
后悔，又怎样

063 / 第四章
对不起，我不爱你

079 / 第五章
原英焕，你这个骗子

101 / 第六章
报复了，后悔了

127 / 第七章
那些少年教会我爱

143 / 第八章
为你做的所有努力

159 / 第九章
李钟敏，我后悔了，可以吗？

177 / 第十章
拼命想要靠近你

199 / 第十一章
走下神坛只为拥抱你

这片火海仿佛一只巨大的怪兽，浓烟似触手般无孔不入，夏媛宸觉得呼吸越来越困难，眼前的视线越来越模糊……她艰难地咳嗽了两声，慢慢闭上眼……

一阵刺鼻的血腥味蓦地涌入混沌的脑海，她挣扎着摇头，那只手的主人却怎么也不肯放开，夏媛宸在短暂的喘息后终于再次清醒——

原英焕的脸上黑一块红一块，汗水和着血水，眼睛紧紧地盯住她。他手上捏着自己的帕子，不断从自己胳膊上蘸取鲜血，然后用力为她捂住口鼻。

夏媛宸安静了下来，鼻腔里是腥的，是涩的，那些味道最后都化成了水，顺着眼角流下，刺得脸上的伤口生疼。眼前那个曾经骄傲的，觉得全世界都该以他为中心的家伙，幻想连路边流浪猫都会爱上他的自大狂——此时狼狈不堪，命悬一线，可还是拼命地，拼命地想为她博取一线生机。

"啊——"她突然号啕大哭，声线沙哑，她欠下的还不清，她也不知道自己还能做什么。她实在是很恨自己，恨自己不管不顾地冲了进来，恨自己天真地以为所有灾难能到她为止。

"嘘……别哭，媛宸别哭……"原英焕的眼圈也红了，想哄她却手足无措，他好像一直是个不太会讨好人的男生，除了附加的大笔财富，也就一张脸勉强能唬人，可现在呢？脸脏兮兮的，浑身如焦炭一般，连那点儿优势都没了。他低头看看自己，就剩苦笑，说："别这样了，这全都是我自己的选择，你不用……不用感到抱歉。但如果你确实……"他哽住，越发难以启齿，"如果你确实想弥补些什么，那么能答应我一个请求吗？"

夏媛宸看着他破裂的嘴角，流着泪点头："你说，你说……我答应……"

她想，在这一刻，不论原英焕要什么，她都会同意。因为这大概将是他这一生最后一个愿望。

"夏媛宸，你……你能嫁给我吗？"

夏媛宸怔住了。

原昆和痞子八都无声地看了过来。

原英焕艰难地倚墙坐正，狼狈地用手背擦了下眼角，借着这个动作逃避大家的注视，其实他自己都知道自己问了个可笑的问题。

"我知道我这两年做错了很多，我没有珍惜关心我的家人，没看到身边在意我的朋友，没有抓住近在手边的爱情……我……我其实本来是很幸运的，生下来就比别人拥有的多……"他的声音越来越低，"我一步步走到现在，大概只做对了一件事，就是来到你身边。假如……假如你能原谅我，看在我今天做的一切的分儿上原谅我，你

Chapter 01 天使的最后一个愿望
第一章

可以成为我这辈子最后抓住的一样东西吗……"他好像有些语无伦次了，对上夏媛宸平静的目光，巨大的紧张让他的话音都有些颤抖，"不……我不是说你是什么东西，我只是……"

"我答应。"夏媛宸抬起胳膊，拉住他僵直在半空的手。

他的右掌心有一道深深的割痕，鲜红的血肉翻出来，小拇指以怪异的角度屈着，焦炭一般的颜色，可能已经坏死了。他明明落魄至此，明明危在旦夕，她其实不懂他还有什么可怕的，怕自己拒绝他吗？

不，他怕的不是这个。

他怕的是自己抛弃一切乃至生命才得到的……都只是一场空。

可她不会拒绝他的。要有多大的仇恨，才会去全盘否定一个人的人生？

"原英焕，我愿意嫁给你——"在呼呼的风声与炽热的火焰交织中，她听见自己轻轻地说，"我……其实很后悔，没有早点儿与你在一起。"

原英焕定定地呆在那儿，似乎完全傻了。

夏媛宸则微微笑开，是一切尘埃落定的温柔。

原英焕觉得够了，真的够了。在这个绝地，在这个大火简直要把他浑身的血肉都烧焦的鬼地方，他却感到从未有过的幸福，他甚至在这时产生了一个荒谬的念头——就这样吧，就让他和夏媛宸就这么留在这里吧，就让生命停留在这个时候吧。他至少，至少抓住了最后一样东西。

他深吸一口气，努力保持平静，哆嗦着用满是伤痕血污的双手从颈间拽下原家信物，那个曾经被夏媛宸拒绝了的信物。深紫色的Y字金属字符即使经过了一天的火烧、打斗，依然绽放着内敛古朴的光华。百年望族，源远流长。

他们都安静地看着，然后，夏媛宸低头，配合着让他戴上。

原英焕有些失神地望着眼前目光平静的少女，她衣衫散乱，她满脸脏污，她不温柔也不贤淑，大胆起来可能连奈何桥都敢闯一闯。可她真诚，友善，敢爱敢恨，一旦把你放在心上，就一定此生不负你。而这个女孩，现在是他的未婚妻了。

"媛宸……谢谢你，谢谢你……"滚烫的泪水一下涌了出来，他用力地将她搂进怀里，恨不得能与她化在一起。

"啪啪啪——"不知何时周围响起掌声。老八和原昆都善意地笑着，甚至起哄地哼起了《结婚进行曲》，也难为他们在这种时候还有这样的心情。

夏媛宸被抱着，表情怔怔的。过了一会儿，她低低地叹了口气，轻轻地，轻轻地扯起一侧的嘴角。这就是结束了吧？

也好,她很累了。虽然不算圆满,但——就这样吧。在他们之中,总算还有一个人得到了最后的满足。

全身蓦地涌上一股浓厚的疲惫,深深的倦怠让她几乎睁不开眼了。

她有点儿想睡了。

过往种种如电影快镜头般在脑海里飞速闪现:古怪的家庭,复杂的友谊,和遥远海岸不为人知的少女心事……

一切,一切都将埋葬在这场大火里。

她的十七年,其实也不亏,复杂得超过了许多人的一生呢……夏媛宸苦中作乐地想着,慢慢地,闭上了眼睛。

而与此同时,外面忽然响起嘈杂的声音!

"撞开这里!"

"Be quick(快)!Now(现在)!"

女孩瘦弱的身体猛地僵住,那一瞬几乎以为自己出现了幻觉。

而此时,门外的声音也越来越大。

"一、二、三!"

"砰!"

"一、二、三!"

"砰!"

……

"夏媛宸!你是不是在里面!说话!"

不是幻觉!不是!他真的来了!

她朝门口猛地转过头去,那沉重的石门就在这时应声而裂——

"夏媛宸。"一声低沉的呼唤,就这样踏破深夜的迷雾,跨越了星辰与大海。

那个仿佛无所不能的神之子,就这么以满目扭曲的钢筋铁架为背景,身姿挺拔,踏着一片狰狞赤焰,一步步向她走来。冲天的烈焰火光,好似都只为衬托眼前人的盛世荣光,曜芒万丈。

"李钟敏……"她眨眨眼,水汽泛涌,手颤抖着伸向半空,面前的世界却越发模糊,终于体力透支到极限,合目昏厥过去。

B市第一人民医院。

整个三楼已经全部戒严,本市医术最精湛的医生都在第一时间会集于此。季家为保

Chapter 01 天使的最后一个愿望
第一章

护国内最新生物医药成果不被敌国窃取，致使季、原两家继承人几乎同时殒命兵工厂的事终于惊动了政府，有关部门表示要不计代价地医治本次事件中的伤者。但以目前国内的医疗水平，总有些遗憾无法挽回。

"你是说，我儿子的小指保不住了？"原韦德的面容阴沉。

骨科主任是位上了年纪的大夫，叹息着望向原英焕，似乎也为这个英俊的少年惋惜："是的，原先生。他指骨断裂时间太长，又在火场受到严重感染，就算勉强留下这根手指也会完全失去功能性，还可能受到病痛困扰。倒不如截肢换上义肢，也不太影响美观……"

"不可能！我原韦德的儿子怎么可以戴着一根假手指！"原韦德"啪"的一声掀翻了装满碘酒和纱布的白色医用托盘，太阳穴隐隐跳动，他看了眼身边一直低头默不作声的儿子，又终于深吸一口气，暂时将火气压下，"如果你没把握接上我儿子的手指，那请你先进行简单处理，我们马上转院去香港。"

"……好吧。"医生无奈地转身离去。

屋内剩下父子两个人。

原韦德冷冷地注视着儿子道："你可真行，命都不要，玩了一出英雄救美，我们原家也算在北方出了次大风头。"

原英焕别过头，一言不发，留给父亲一个倔强的侧颜。

"我看到你把原家的信物给她了，不过，我不同意。"

"父亲！"原英焕猛地回头大声道。

原韦德神情冰冷，起身，毫无转圜余地地说："季家情况复杂，早晚会有一场继承者之争，我们原家不方便掺和进去。你现在别想这些了，先收拾东西，我待会儿接你去香港。"说罢，头也不回地大步走出门。

原英焕死瞪着那扇闭合的门，片刻之后，狠狠地用包扎着的左手捶了下病床。

什么继承者之争？他才不管！他只知道自己喜欢那个女生，喜欢得差点儿把命都赔进去了，这会儿就是玉皇大帝来拦也没用！至于父亲……呵呵，爱怎么想就怎么想吧！反正他们原家没有两个继承人！

原英焕弯弯嘴角，心情转好，可当他低下头时，又忍不住叹了口气。

年轻帅气的男孩抬起右手在半空来回翻转，如有音符在动作间跳跃，暖融融的阳光从指间穿过，洒在棱角分明的脸上，那节扭曲怪异的小指显得分外不和谐。

若是戴个假手指，他就不完美了。他学的那些钢琴、小提琴，也白练了。他有些苦恼地想着。

还是听父亲的吧,去香港试试,不过走之前,他得去跟他的未婚妻道个别。原英焕打定主意,美滋滋地摇摇脑袋,一头蓬松微乱的头发在阳光下闪出栗子色的光芒,紧接着从床上帅气地一跃而下!下一瞬却龇牙咧嘴地惨叫一声:"哎呦,我的妈……忘了脚上有伤了,疼死小爷了……"

夏媛宸因为腰上的伤比较严重,所以住在VIP(会员)特别套房,不过十几平方米的卧室内此刻站了不少人,气氛凝重,剑拔弩张。

"如萍,你冷静一点儿好吗?女儿现在已经没事了……"季子山紧皱眉头,双手抬起,试图抱住眼前的女人安抚她,却被她凄厉的哭喊一再逼退。

"闭嘴!什么没事!我的孩子差点儿死在那里你懂不懂!"夏如萍头发散乱,双眼通红,眼泪冲花了她浅淡的妆容,"季子山,我真后悔和你在一起,这么多年我无名无分地跟着你,我以为我们有爱情就好了,我没有对不起任何人。可是今天我终于发现我错了!我大错特错!我对不起我的女儿,就是因为我一再和你牵扯不清,才有机会让你做出拿女儿的命去换儿子的命这种狼心狗肺的事!"

"我没有!"季子山怒吼一声,额头青筋暴跳,他下意识看向病床上的夏媛宸,向前迈了一步,急切地解释道,"媛宸!你是知道爸爸的,爸爸没有这么做,爸爸不会逼你做什么。在我心里你和孝坤都是一样的……"

"我——"夏媛宸张张嘴,可根本来不及答话,就被一个人挡住。

"子山,事已至此,你就别再多说了吧。"纪维钦面容不善地走过来,正好挡住季子山的路,"不论媛媛是被迫的也好,是自愿的也好,总之现在孝坤得救了,媛媛也幸运地活了下来。目前最重要的是让他们好好养伤,心里的痛苦总会随着时间淡化的——"

季子山的嘴唇剧烈地哆嗦着,愤怒简直要烧尽他的理智,"纪维钦,你……你这个坏蛋!"他"砰"的一拳狠狠打过去,这一拳他使尽全力,常年练搏击的力道可不是闹着玩的,纪维钦毫无格挡之力,整个人被打飞出去足有两米,"咣当"一声撞翻了茶几,碗碟噼里啪啦掉落一地。

"啊!"夏如萍尖叫一声,流着泪扑过去跪在地上,"阿钦,阿钦你怎么样?"

"没事,我没事……"纪维钦抹了抹嘴角的血,挣扎着坐起来,扶扶自己的眼镜,搂住夏如萍往后退,"子山,你冷静点儿,你动手打我就算了,但你敢动如萍我一定跟你拼命……"

Chapter 01 天使的最后一个愿望

第一章

"打！你让他打啊！我看他敢碰我！"夏如萍用力抹了把脸上的泪水，推开纪维钦的保护直接站起来，她穿着一袭浅绿色的连衣裙，张开双手，似是母狮子被逼到绝地一样，横眉立目。

季子山愣愣地看着那两个人的样子，微微张着嘴，片刻之后退后半步突然爆出一串惊天动地的咳嗽声，那声音之大好像要把肺都咳出来。

夏媛宸紧张极了，忍不住支起身体，而季子山已经慢慢平复下来，用一种哀伤疲惫的目光盯着夏如萍。

"我对你的心到底怎么样……天地可鉴。我不会拿着属于我们国家的科研成果去换儿子，同样也没办法去换女儿，国家利益高于一切。可如果，如果你一定要我在儿子和女儿间选一个的话……"他深吸一口气，仿佛下了极大的决心，"我选我们的女儿——如果今天之后，你还愿意和我在一起，我回去就和李华容离婚，完成财产分割后，不论我的公司还有多少钱，我们的夏媛宸都将是无可置喙的唯一继承人。至于孝坤……没有特殊的事情，我以后可以不再见他。你……你考虑一下，打给我……"说完这些话后，他有些喘，扶了下柜子，才慢慢转身往外走。

父亲，他真的老了啊……

安静的房间里，只剩下夏如萍无助痛苦的哭泣声。纪维钦有些吃力地站起身，四十多岁的男人了，不再是毛头小伙子，被人揍了拍拍屁股起来就好。他看起来脸色有些蜡黄，吃力地走到夏如萍身边，让她靠着自己，依着自己，搂住她轻轻安慰："别这样，不要害怕，不用难过。你一直有我的，明白吗？如果对子山真的失望了，那就离开吧。我想照顾你，想站到你身边，我等这一天已经等了太多年。"

"维钦……"夏如萍泪眼蒙眬地抬起头，似乎被触动了。

纪维钦低头，握住她的手："子山有的财富，我都有。子山没有的忠诚，我也有。让我照顾你们母子吧，我们一家三口可以搬去新西兰，那里很美，我的外祖母就住在那里，她有一座很大的庄园，她一直都很喜欢夏媛宸的你记得吗……"

"……"夏媛宸沉默着看着这一切，为什么事情会发展成这样？恍惚间她突然记起一个怪异的现象——他的父亲，从说完那番宣告到出门，都没有再看自己这个女儿一眼。

"你们——"知不知道自己在做什么？

然而她的话没有说完，就被一声低而轻的问句打断了。

"那我呢？"

纪秀芝推开门，低着头，蓬松的咖色卷发垂在耳边，看不清表情。她抬起头，又问

了一次，声音竟还算平静，如果忽略那大红色香奈儿披肩包裹下隐隐颤抖的身体的话。

"那我呢，爸爸？你们一家三口去新西兰，我……我要怎么办？"

"……"纪维钦一时语塞，突然下意识看向怀里的夏如萍。

那是一种斟酌和问询的口气。

但那种斟酌不是在女儿和心爱的女人之间做抉择，而是在考虑女儿值不值得在眼下这个情况，这个马上就要赢得心爱女人的心的重要时刻，让自己冒着惹夏如萍不快的危险，出声问一句："我们带秀芝一起好吗？"

……

男人，可怕的思想，可怖的情感。他爱的，视为至宝，他不爱的，一文不名。

纪秀芝笑了，笑着笑着眼泪就这么流了下来，她"呸"了一声，狠狠甩头，秀丽的长发马尾"啪"的一声打在门框上，让夏媛宸觉得如有一个耳光扇在自己脸上似的，生疼。

"我恨你们。"甩下这句话，她头也不回地跑掉。

"喂！纪秀芝！"夏媛宸急了，掀被下床，腰上的伤却让她"咣当"一声直接摔在了地上！

"媛宸！"夏如萍吓坏了，大步跑过来要扶她，却被夏媛宸狠狠一推，直接推搡到地上，而夏媛宸也因为反作用力朝后一仰，随即落入一个温暖的怀抱里。

——是一直在小客厅坐着，冷漠地注视着一切，不发一言的李钟敏。

纪维钦快步走来，搀起呆坐在地的夏如萍，一边紧张地检查，一边生气地对夏媛宸道："媛宸，你怎么能这么对你妈妈！"

"那你又怎么能这么对自己的女儿？"夏媛宸的脸上一丝表情都没有。

"……"纪维钦有些难堪地转开头。

"媛宸，你在怪妈妈吗……我什么都没有做啊……我没想伤害任何人……"夏如萍的身体晃了晃，抬起一只手捂住脸。

夏媛宸冷冷地注视着她，心中一方面有着作为当事人的自我厌弃与强烈负罪感，一方面又好像莫名地置身事外，感觉所有人都是那么陌生、那么可笑。

她想到自己的父亲为了夏如萍狠下心来要抛妻弃子，许诺再不见亲生儿子一面；她想到纪叔叔这么多年来对她们母女关怀备至，却只给纪秀芝发下一张又一张的无限额金卡；她还想到更早的时候，她的母亲泪水涟涟地跌倒在酒吧台边说："你怎么能逼妈妈去工作呢？我不行的啊……"

她的妈妈，好像天生就是一枝出色的菟丝花，能引来无数男人前仆后继不顾一切地

Chapter 01 天使的最后一个愿望
第一章

为她奉献。对,她没想伤害任何人,可她的存在就已经叫周围所有人窒息——哪怕是自己这根一直被菟丝花缠绕保护的藤蔓。

"带我去找纪秀芝。"她闭上眼,久久之后,才长长地吐了一口气,对李钟敏道。

身后拥着她的有力臂膀紧了紧,安抚地拍拍她,声音清冽如泉音:"好,我们走。"

"你……你去找小芝做什么?"夏如萍不放心,出声想要拦下。

看来自己的妈妈并不是真的傻啊,她很清楚自己的行为会让谁伤心难过,让谁癫狂失态。夏媛宸勾唇一笑,怪异而苦涩:"去还债啊。"

找到纪秀芝,管她要给自己几巴掌还是踢自己几脚都好,不然胸中的抑郁会压死她的。人都说子女是父母前世的债,但父母又何尝不是子女的债?

夏媛宸腰部到大腿那一段几乎都是麻的,医生不让她走动,可她坚持,李钟敏便也没说什么,背着她在医院的花园里一圈圈地寻找。他们从最靠里的特殊病号小楼走到前面的门诊部,又走到停车场,最后从侧门走回小花园。直到李钟敏额头渐渐渗出了汗,夏媛宸终于叹了口气,说:"咱们去那边的长廊坐会儿吧。"

李钟敏背着她走过去,先将她轻轻放在旁边的木椅上,然后迅速到另一边脱了自己衣裳,把座位垫软和了,才将夏媛宸妥善抱回安置。

她这时的表情看起来很迷茫,就像当初在mirslina岛上,他问她,恨不恨原英焕害她落水时一样。

"我不知道纪秀芝还会不会原谅我了……"

"随她去吧。"李钟敏弯腰帮她把掖进去的衣领翻出来,脸上有些漫不经心:"一个就会喊闹撒泼的疯丫头而已,能对你做什么。"

"我不是怕她报复我。"夏媛宸仿佛有些无奈地笑了下,"我……我只是怕她难过。"

李钟敏的动作顿了顿,一双眸色浅淡的瞳仁静静地盯着她,这个女生在他看来简直心慈手软得出奇。

"我都没有发现你们关系这么好。"他有些嘲讽地撇撇嘴,"别告诉我你们之间是有感情的,她只是爱你在心口不敢张嘴。"

"是爱你在心口难开啊,钟敏少爷。"夏媛宸忍不住笑了,但那笑容并没维持多久,就又成了叹气,"我不知道该怎么解释我俩的关系,可能就是那种……永远玩不到一起的朋友。"

"那也能叫朋友?"李钟敏无语了。

"嗯。"夏媛宸微微一笑,随手从花池里拔下一根狗尾巴草,在手心里转着玩,"我和她其实真的是相看两生厌,打小就被两家大人拿来比,没办法的,我们都巴不得看见对方倒霉。但是……唉,这个倒霉又有个限度,比如说你要我看纪秀芝死,那我绝对做不到。"

李钟敏抱胸站直,挑挑眉。

夏媛宸认真地点点头:"你还记得当初在岛上纪秀芝出言不逊,你差点儿要把人家扔到海里吗?当然最后你没有。但如果你真的那么做了,我大概会忍不住偷条船出去找她的。"

李钟敏的表情已经活像在看神经病了。

夏媛宸叹了口气:"你别这么看我,其实纪秀芝对我是一样的。当初我落水的事给她造成了很大的心理压力,不过她那个人啊,一辈子都不会道歉的。所以她这次坚持跟过来,连火场都差点儿闯了,就是怕我再出事。"

"呵。"李钟敏用嗓子哼了一声,冷淡的面容有些不屑,"你还挺能给自己找感动点的,没准人家就是来北方这些大家族前露个脸呢。"

夏媛宸低头笑开,两只胳膊肘落在扶手处,摇摇头看向他说:"你不懂。纪秀芝是家中独女,她和我不一样,作为第一阶梯家族的唯一继承人,她没有任何竞争者,也不需要其他家族的支持,她只要保证自己平安健康就赢定了。所以他们从小学习的就是如何规避危险,这已经成了他们的本能……"她说着说着,声音就低了,有些怅然的样子。她忍不住想到了那个任性幼稚的大少爷,违背本能的继承者少年。

"是吗……"李钟敏沉默了一下,生硬地挤出两个字。

他的语气实在太晦涩,让夏媛宸不由得看向他,发现他如浮雕般深刻俊美的五官此时紧绷得一丝表情都没了——面对这样的他,要将质问的话说出口其实是需要很大的勇气的。夏媛宸深吸了一口气,才轻轻将手覆上自己空荡荡的颈间,垂下眸问:"你拿了我的项链,对吗?"

起初聊天的轻松调侃氛围彻底消失不见了,似乎连周围的温度都冷了些,她听到他加重语气问:"你……的?"

"是他送给我的,而我也暂时收下了。"夏媛宸微微咬住唇,抬头直视李钟敏,"你能还给我吗?"

李钟敏突然用力伸手捉住她的下巴,咻地弯下腰,直勾勾地盯着她,眼神里明显透着怒火:"什么意思?你真准备嫁给他?就因为他作为什么狗屁家族的唯一继承人不顾危险进火场救你,你就要以身相许了?"

第一章

夏媛宸张张嘴，没说出反驳的话来，但心里真的很挣扎。除了她早已打算放弃的巨额财富，她其实就是个很普通的高中女生。那段人间炼狱般的可怕记忆对她来说实在太深刻——每分每秒都挣扎在死亡线上，她在那里被困了整整八个小时，她的腰部骨折，后背烧伤，她有同伴永远地留在了那里。而她，是踏着原英焕用血肉铺出的路，才逃出来的。让她一转头就背弃他，她真的……做不到……

李钟敏深吸一口气，慢慢松开握住她下巴的手，在她跟前蹲下，水一样的眸看进她的眼睛里："好，我们不说那些，我只问你，如果在我们两个之间选呢？你要选谁？"

夏媛宸一惊，然后猛地摇头："不！我们不能在一起，我和你说过了，我的身份……不可能被你的家族接受……而我也不想留在你的岛上……"

"那些是我的问题。"李钟敏沉声打断了她的话，少年的目光中透出一股坚实不可摧的力量，"不用管我怎么解决，我只告诉你，你不用留在mirslina了，也不必担心有一天会被我抛弃了，我的家人如果真的因为你的背景而反对，大不了我就在这里等，等到他们愿意接受为止。我已经走到这里，现在该你告诉我了——你愿意吗？"

他的目光好像能蛊惑人心，夏媛宸呆呆地说不出话来。

"夏媛宸，告诉我你的回答。"

那个少年好像永远有这样的自信，只要是他给予的，就不会有人拒绝。而事实上，在可知的时间与空间中可能真的没有人能拒绝他，这个男生精致优雅，自带独特的异域风情，他冷淡高贵，他的一切都不似日常生活中能见到的"人"。就像……就像聚光灯下《时尚》发布会上完美的巨幅海报，新闻中典雅淡笑却永远不会走下神台的别国王子。

所有的他构成了一股可怕的吸引力，尤其当这个对世界都不假以辞色的人竟然只愿意对你正眼以待，愿意偶尔向你展示他的毒舌和孩子气，那么……你大概真的宁可辜负全世界，也要站到他的身边。

"我愿意。"恍惚间，夏媛宸听到自己这样说。

怦、怦、怦……是剧烈到几乎要撞破胸腔的心跳。

花园的拐角处，一个黑影退后一步，又退后一步，终于跟跟跄跄地跑远了。四十分钟后，骨科的刘主任打开办公室的门，顿时下了一跳！

"你……你……原少爷有事吗？"不怪他惊讶，今天早上见到这个少年时人还好好的，虽然身上受了不少伤，可精气神儿十足，还有劲儿和自己父亲吵嘴呢！可如今才短短几个小时，他神情阴郁，脸色灰败，发丝凌乱地挡住眼睛。

原英焕一只手扶着门框，张口，声音沙哑粗砾："我要你准备手术，现在！"

"什么手术?"刘主任愣住了,"你还是先坐下来再说。"

原英焕沉着脸缓缓挪进去,却没有坐:"截肢……我要截去我的小指,连根截掉,不用装义指了。"

"不……不……不行的!"刘主任吓坏了,"原少爷你知道自己在说什么吗?你和你父亲上午不是才决定要去香港治疗吗?而且你小指的最后一节根本没有严重到必须现在截肢,而且那样你就无法佩戴义指了,任何人都会一眼看到你的缺陷的!"

"我要的就是这样!"原英焕恶狠狠地吼了一声,眼神晦涩,如困兽般在屋里大步转了两圈,然后发狠似的停下:"锯掉!给我锯掉!我不管了!我什么都不管了!"

接下来的两天,夏媛宸把自己关在病房里,虽然她已经决定要找原英焕归还信物,但是她真的……不知道该怎么开口啊。

护士小姐轻手轻脚地为她换着药,在收拾好所有东西后,她端起托盘温柔有礼地小声道:"注意伤口不要碰水哦。"

夏媛宸含笑点头。

护士捧起托盘,转身,仿佛不经意似的看向角落,只是那"不经意"的时间太长了些,走过的步伐也太慢了些。

此情此景夏媛宸早就习惯了,只是无奈地看着,并不说话。

李钟敏正靠在沙发上半梦半醒,下巴一点一点的,午后的阳光洒在他的脸上,照出脸上可爱的绒毛,整个人仿佛散发着柔和朦胧的光晕。不过她知道,这只是这个家伙安静时的伪象而已,等他再睁眼开口说话的时候,马上又会迸发出傲慢冰冷的"你们这些蚁民还不快来叩拜我,是不是想被拖出去殴打一百次"的霸王之气。

李钟敏哼哼两声,揉着脖子坐起来:"干吗一直盯着我,都被你吵醒了。"

夏媛宸哭笑不得:"钟敏少爷,我只是'看着',这你都能把你吵醒啊?你是雷达吗?"

"没办法,每天总有刁民想害朕,必须要保持一颗警醒的心啊。"

夏媛宸面无表情地瞥向他的手机:"又在胡说八道了,早告诉你不要乱看我们国家的网络小说,对你学习中文没什么好处。"

"我可没胡说。"李钟敏伸着懒腰走到窗口,难得见他有这么散漫的时候,穿着一件白衬衣斜靠在窗扇边,袖子挽起来一点儿,露出骨骼分明的手臂,望着对面幽幽道:"那边不就有个刁民想把朕吃了。"

那里,是原英焕的病房。

Chapter 01
天使的最后一个愿望
第一章

夏媛宸一时无言。

"我也不想催你,可你到底打算什么时候去和他摊牌啊?长痛不如短痛,夏小姐。"他走到夏媛宸床边坐下,修长的腿自然弯向两边,两只手臂支在膝盖上,仿佛漫不经心一样道。

"至少得等他的伤稳定下来啊……"夏媛宸突然问道,"对了,他的手没大碍吧?"

"我怎么会知道?"李钟敏翻了个白眼。

"可是——"夏媛宸顿住,小心地往左右看看,才凑近了说,"你不是能看到一切吗?类似千里眼那种……"

"你想太多了吧?怎么可能!"李钟敏没好气地退后。

"那你是怎么发现我出事的?还有当初海上的那个小孩儿……"

"……那是一种梦象。"李钟敏皱皱眉,不知该怎么和她解释,两手甚至在空中比画了一下,"这么说吧,我对即将发生的危险有种感知,比如发生在我附近的,或者是我身边人身上的,但有时也不十分准确。"

"……"夏媛宸面露惊疑。

"就比如——你做过噩梦吧?梦里会有很多可怕的东西对不对?但普通人的噩梦往往只是噩梦,可我的噩梦都势必会发生的。差别只是在时间上,或者被灾难影响到的人数上。"

李钟敏看夏媛宸怔怔地不知在想什么,心里有些后悔,自己是不是说得太直接了,吓到她了?可以他们两个人现在的关系,他觉得自己不该再瞒她了。

李钟敏小心地伸手在她眼前晃了晃:"媛宸?媛宸?"

"啊?"女孩像猛然惊醒一样身体一震,"哦——这样啊?那你现在看不到英焕?"

"呵呵……"他怎么也没想到会得到这个回答,嘴角狠狠抽了抽,"我要是能看到——"李钟敏忍不住抬手比了个手枪的姿势,朝着那边窗口"biu"了一声,气哼哼地大步走了。

夏媛宸盘腿坐在床上,看着他出了门,才敢叹出一直压在胸口的那口气。原来这样,她终于明白那位尚国的财务委员长为什么会将自己的长子关在一座小岛上了。

能预言灾难的、先知未来,这样的人被称为国家利器都不为过!传出去的话可是要被世界强国争抢的!执政者如果全心信赖他,那他轻而易举便能位比古代的国师,可如果上位者猜忌他,那势必要除之而后快。这样一个人,很难说会给家族带来荣耀还是祸

端,怪不得他的父亲要把他藏起来。

可是李钟敏有这样的本事,尚国又怎么肯轻易放走他?夏媛宸几乎不敢想李钟敏为了来到她身边吃了多少苦头。

钟敏离开她的房间没多久,病房里就迎来一位"意想不到"的客人。

"爸爸……"夏媛宸看着一位身穿高级深灰色西服,脸色却难掩疲惫的男人推门进来,不由得坐直了些。

"我来看看你,身体还好吗?"季子山在她的病床边站定,深深地盯着她问。

"哦……我还好,您坐吧。"她朝旁边的软凳示意了一下,眼神与他轻轻一触就躲开了,说实话她现在有点儿不知道该怎么面对父亲。她不恨他让自己进火场换季孝坤,因为这是他们姐弟间的情谊,是她自愿的。但她却无法忘记自己的父亲在这里和母亲大吵一架后,就再没了音信,几天里连电话都没打来过。她真的有点儿怀疑,父亲是爱着她的吗?传闻中那个备受宠爱的被季子山放在心尖尖上的私生女,真的是她吗?

"你妈妈她——这几天有来过吗?"他慢慢坐下,声线低沉地问。

夏媛宸的手微微攥拳,又放开:"来过一次,我不想见她,她就只是给我发发信息了。"

"哦。"季子山点点头,这个年过天命、已经坐拥巨大财富的男人好像难得地有些微妙的尴尬,"你——知道如萍昨天和纪维钦飞往新西兰了吗?"

"什么?"夏媛宸讶然。

季子山叹了口气,既然开了口,后面的话便干脆一口气都说了出来:"媛宸,爸爸今天找你是希望你能帮我。我对你母亲是真心的,我已经为孝坤联系了一家美国的医院进行调养,两年内他都不会回国了。只要你能劝如萍回来,我马上就召开公司董事会议会,宣布你为下一任总经理,并且将我名下一半的股份过户给你。"

"你知道自己在说什么吗?"夏媛宸觉得他简直是疯了,她深吸一口气道,"我就是个私生女,你竟然要把公司交给我?这种新闻爆出来你知道季氏股价要跌多少吗?就为了追我母亲回来?"

"我不知道!我管不了了!而且你又不是私生女!"季子山失态地喊了出来,在对上夏媛宸惊愕到近乎不可思议的目光时,才突然意识到自己说错了什么,有些狼狈地转开视线,低声而轻缓地说,"媛媛,你不是私生女。"

夏媛宸的脸色苍白,已经一句话都说不出来了。

季子山闭上眼,脸色极为难看,但还是揭开了那段尘封已久的往事:"当初我们季

Chapter 01 天使的最后一个愿望

第一章

家和你母族夏家因为一条产品线闹翻了，两家的家长要我们离婚，各自婚娶。我的父亲为我选中了李华容，而夏家给你母亲选中的人就是……纪维钦。"

那是一段鸡飞狗跳的过去，在当时可以说是轰动一时。夏家小姐离婚和纪家长子相亲，季子山另娶名门闺秀李华容，让多少百姓津津乐道。但身在局外的人不会知道，夏家的二小姐年轻气盛，她拒绝了纪维钦的追求，宁可没名没分破族而出也要跟着他。而外人更不可能知道，他在与李华容的那场世纪大婚后陷入怎样的深深愧疚中，于是顶着各方压力持续两年多都没有和李华容领结婚证。

"你是说……我……"夏媛宸无法启齿，手指着自己，有点儿抖。

"对……"季子山的目光凝重肃穆，"你就出生在那两年间，我和你母亲那时候根本没有离婚，我甚至是和你母亲住在一起的。除了那场给外人看的婚礼，我在那段时间根本没有再见过李华容一次。媛宸，你是我季子山名正言顺的长女，是季氏集团堂堂正正的第一继承人！"

夏媛宸闭上眼，突然用力按住自己的额头，只觉得从头顶到太阳穴全都突突突地疼，她的头疼得要炸开了！眼睛里是湿的，她紧紧闭着眼不想让眼泪落下来，可是莫名地又想笑。这就是真相吗？埋藏了那么多年的真相。她一直自我唾弃，自我鄙夷，打从心里厌恶自己的身份，甚至不愿意过于亲近父亲，不想用季家一分钱，不想沾季家一点儿光！因为她觉得自己不配啊！她们母女的存在就是罪恶！她对不起季孝坤，对不起所有人！

可原来……不是这样吗？

"我……我问你最后一个问题。我的母亲，是在李华容生下孝坤后，才被夏家除名的，对吗？"

季子山仿佛已经无颜面对自己的女儿，用手轻轻捏了捏鼻梁，借着这个动作挡住自己的眼睛，轻轻地说："是。"

"轰"的一声——最可怕的猜测被证实，心底深处封闭多年的阴郁围墙破碎坍塌，但迎接而来的却不是明媚的阳光，而是几乎要溺毙人的狂风骤雨。叫人痛苦，叫人挣扎，叫人绝望。

她的母亲是个为爱而生、为爱而死的傻瓜，她的父亲却是个懦弱、现实的小人！如果她的父亲在她生下来时便将她大大方方地抱到人前，那她就是夏家的大小姐！是季家的长女！

父母离婚了又怎样？

在他们这样的富豪权贵之家，即便她是季子山"前妻"的女儿，也不能被谁小瞧了

去！好歹她母亲出身夏家！

但她的父亲当时不想将她公布人前。在最初的愧疚和冲动过后，在面对家族冷待之后，他恍然明白了权势的重要性。既然夏家绝不会再支持他，那他就不能再得罪李家，毕竟他还有个虎视眈眈的堂弟。

于是，他对夏媛宸的出生隐匿不言，还回到了李华容身边，一直到李华容也生下孩子，才悄无声息地将她带出来，让大家默认她为私生女。也是这一举动，彻底惹火了夏家，就算夏家可以容忍一个一时脑子不清醒非要追逐爱情的女儿，也绝对没办法容忍一个生下私生子的女儿！于是，她夏媛宸，彻底成了个笑话。

为人父母者，为何能如此自私？

"爸爸，你真的爱过我吗？真的在乎我吗？"夏媛宸不想哭的，她觉得自己这样实在太没出息了，可是她忍不住，她忍不住啊！

她眼睛瞪得通红："你知道这些年我有多难过吗？我多恨自己的出身你知道吗？他们都说我是不要脸的女人生下的孩子！人家孩子从小听到的第一句话是'妈妈'，我听到的第一句话是'私生子'你知道吗？我两岁时傻乎乎地去问保姆什么是私生子，你知道她当时看我的眼神吗？对！那会儿我小，我不懂，可我一辈子都忘不了她的样子！"鼻涕眼泪一起汹涌落下，她拼命将手边的遥控器、纸巾盒、手机掷向他，最后终于捂住脸放声大哭，声声血泪……

这么多年受尽闲言碎语，从牙牙学语的稚嫩幼子到十几岁沉默不语的瘦弱女孩，她一直孤单地行走在荆棘丛里，背后拖着一片长长的阴影……而这一切的起因竟不过是当年父亲动的一个小心机。

就这么，几乎影响了她的一生。

季子山仓皇起身想抱抱自己的女儿，想安慰她，佝偻着身体，仿佛一夕之间老了十几岁。

"媛媛……你听爸爸解释……"他的手有点儿抖，轻轻放在夏媛宸的头上，却被夏媛宸狠狠伸手打开！

"你走开！你不是我爸爸！我没有你这样的爸爸！"嗓子里像堵了什么硬物，难受得她透不过气来，夏媛宸哭喊一声，推开他，蹬着拖鞋趿趿地跑出门。

李钟敏是在一个小时之后才知道夏媛宸不见了的消息的，他咬牙狠狠地指了季子山半天，一肚子刻薄的责骂就在嘴边，最终还是愤怒地一甩手，转身如离弦箭一样冲出门去了。

无论那个男人的品行如何，他毕竟是夏媛宸的生父。

Chapter 01
第一章

"夏媛宸!"

"夏媛宸!"

"人呢——"

一袭白衣白裤的男生身材修长,快速跑动在医院里,俊朗的面容上充满焦急气恼,不时冲着附近的楼宇大喊。

"赶紧给我出来!别躲了!小心我把你丢到海里喂鱼!"

"你非叫我找人抓你吗?该死的,你就不能听话一次!"

他长着一张足可以去当明星的脸,周身又散发着连明星都不会有的气势,在院内喊叫走动简直犹如发光体一般,很快就吸引了一群人围观指点。

李钟敏瞧着那些围观的大叔大婶,甚至还有小姑娘拿出手机在拍照!简直烦透了!

他低低地骂了一声,暴躁地撇过头,打算继续往前走。没想到那个穿粉色上衣的傻妞却像发现新大陆一样,惊喜万分地和身边朋友咋呼:"哇,你们看!他皱眉了欸!是生气了吗?好帅好可爱!"

紧接着又是"咔咔咔"一阵快门声!

"……"

当他是动物园的猴子吗?

李钟敏"咻"地站定,忍无可忍之下眼里已经冒了火,他突然抬起手指向女生的方向,殷红的薄唇微启,像锋利的刀:"给我抓起来。"

紧接着不知道从哪里跑出来两个黑衣保镖,动作迅猛如电,冲过去将女生擒拿压倒在地。

女孩吓呆了,随即拼命挣扎起来:"呜呜!你们要干什么?放开我!保安!他们抢劫!抢劫……"

周围人哪里见过这样的架势,"唰"的一声全都散开了,安静得只能听到那个女生刺耳的尖叫。

"少爷,要怎么处理?"面对女生的号啕哭喊,黑衣保镖不为所动,摁着她就像压着只兔子一般轻松,面无表情地看向李钟敏等待下个指示。

李钟敏瞧着那女生哭闹不休的模样,眼底闪过一丝厌烦,这如果是在尚国,敢对他如此无礼早就被警卫员打个半死了。

但这里毕竟是维国,风俗文化不同,他也不想过于为难一个小丫头,在冷冷地盯视片刻后,只是撂下一句:"砸了她的手机。"

"是。"两个保镖同时低头道。贯彻李钟敏的指示,把手机一脚踩碎。

尖利的碎片让所有人下意识噤声。

李钟敏目光冰冷地环视一周,视线所及处众人无不躲闪后退,他这才沉沉吐了口气,大步离开。

他后来是在瓢泼大雨中找到夏媛宸的。

像一幅安静的水墨画,她孤零零地坐在医院顶楼的露台围栏边,漆黑的发丝湿漉漉地贴在脸上,嘴唇苍白毫无血色。

隔着遮天蔽日的雨布,他在世界这头,她在世界那头。

雨纷飞,飘进浅淡的棕灰色瞳仁里,李钟敏抬手擦了一把,拿着一把银色的大伞,走进那一地的泥水里。

"你在做什么?"他持着伞,居高临下,在她两步外站定,洁白笔挺的衬衫打湿在身上。

"嘘——"她轻轻地抬起一只手,仍旧向外微微侧着头,"你听。"

远处,不知是哪个幼儿园正在播放午间故事,而且似乎正好讲到了故事的结局:

"就这样,可爱的塔娜公主终于冲破巫婆的诅咒,穿上她华美的衣裙,开心地回到王国里。富可敌国的国王与美丽温柔的王后一起到城门口迎接他们的女儿,全国人民都在欢呼沸腾。这,就是最美的童话。"

"叮叮咚,叮叮咚,叮叮叮叮咚——"

轻柔的女声伴着故事娓娓道完,孩子们激动的掌声与放学欢快的铃音混在一起,而远方的听众——夏媛宸,却怔怔地愣在那儿,半晌之后,才勉强扯出了一丝比哭还难看的笑容。

"这算什么童话……"她突然闭上眼,蜷缩起腿,干脆就那么靠到了粗糙的水泥墙上。李钟敏感觉她应该是哭了,可是雨太大,连眼泪都看不清了。

"李钟敏,你相信吗?我……我一点儿也不想要什么华丽的裙子,我更希望有一件姥姥亲手织出的毛衫。

"我也不需要富可敌国的爸爸和美得颠倒众生的妈妈,我只想要一个普通的家。我想要妈妈在我上学前为我煮一碗方便面,我想要爸爸笑着背我回家,我希望自己能坦然地站在阳光下——我想要一个人肯定地告诉我:夏媛宸,你从来没做错过什么!

"可是我有的选吗?我有的选吗!"

她睁着一双通红的眼眸,终于捂住脸痛哭出声。所有的一切都是这个十七岁女生对命运的控诉。

Chapter 01
天使的最后一个愿望
第一章

急促的风卷着雨水和泪水一起飘走了，痛苦的记忆则永远留在了青涩懵懂的年华，日复一日，无可解脱。

少年慢慢地伸出手，放到了她的头上，说："夏媛宸，我懂的。"那嗓音有点儿干，像堵了什么似的涩，他轻咳了一声，发出的却是叹息，"我们，是一样的人啊。"

他蹲下身，将她拥在怀里，银色的伞慢慢滚落到旁边。

冬日的雪花散落在窗下，春日的花蕊抽出了嫩芽。背着私生女名声挣扎在名利场的少女与生而高贵却被放逐荒岛的少年在黑暗寒冷的冰川上踽踽独行。他们不肯放弃、不甘孤独地一直走啊走啊走……终于，冰裂了，蔚蓝的湖泊里映出了模糊的倒影——竟然是世界上的另一个他。

她问："你要背我去哪儿？"

他说："去写个新的童话。"

雨不知何时停了。

两个重叠的身影慢慢行走在湿润的水汽中。

"其实你不用背着我，我的腰已经好多了。"朦胧的雾里，她小声道。

"既然好多了就帮我打个电话，按那个快捷键3。"

"啊？哦，好。"夏媛宸愣了下，从他衬衫前面的兜里摸出手机，拨了出去。

电话很快接通："少爷，我们暂时还没发现夏媛宸小姐。"

"呵，要你们有什么用？"李钟敏没好气道，"别找了，去最近的酒店开个房间。"

夏媛宸趴在他背上，为他拿着手机，听到这赶紧结巴着插嘴："我……我回病房吹干头发就好。"

李钟敏压根儿没搭理她，瞥了一眼就继续对电话里说："再给我买个锅，可以插电的那种，还要速食面——什么多少箱？你以为我要去赈灾吗？饭桶！要一包！"

夏媛宸已经蒙了："你到底要做什么？"

"对了，我还要一团线。"李钟敏依旧不理她，白皙的皮肤却可疑地红了，声音低了些，含糊而快速地说："总之就是那些东西，你快去买吧！"

"……还不快挂电话！愣着干什么？"他把背上的夏媛宸又往上托了托，突然侧头对她吼，怎么看怎么像气急败坏。

夏媛宸莫名其妙，怎么又发脾气了。

"你是不是累了？要不放我下来？"她收了电话，小心翼翼地商量，一缕发丝

垂了下去。

李钟敏被那头发弄得有点儿痒,微微缩了下脖子,声音倒低了:"没事,你老实待着。"

他们穿过住院楼走到前方花园,迎面就碰上穿着VIP护理区粉色护士制服的女孩,夏媛宸记得最近几天都是她来自己病房的,好像叫付婉婉,长着一张桃子脸,十分可爱。

付婉婉远远望见李钟敏眼睛都亮了,快步跑过来,呼哧呼哧地扶着腰道:"哎,你……你们好……"

她的眼睛只看着李钟敏。

李钟敏停下来,犹疑地蹙蹙眉,仿佛不认识得的样子。

女孩饱满红润的脸色明显黯淡了些,强笑着说:"您忘了我吗?我们刚才在长廊那儿碰到的,您让我帮忙找夏小姐。"

"哦。"李钟敏这才想起来一般,俊朗的面庞上神情淡淡的,轻轻点头,"谢谢,我已经找到她了。"说着,背着夏媛宸就想绕过去继续往门口走。

"请,等等!"女孩愣了下,忙退后一步张开双手拦住:"你们去哪儿?这位……这位夏小姐还不能出院,而且她身上都淋湿了……"

"我会找地方给她擦干的。"李钟敏再次想要绕开她。

"可是……可是……你们不能不经医生同意就出去啊!"付婉婉急得有些结巴。

李钟敏吐口气,神情和语气明显不耐烦了:"那就请你回去告诉医生,好吗?谢谢。"最后几个字说得清晰而冷淡。

付婉婉怔住,手缩了一下,然后就看到李钟敏背着夏媛宸头也不回地走远了。

"她这几天,都在我的病房。"夏媛宸趴在他的背上沉默了一下后说。

"哦,是吗?"

"其实——"夏媛宸咬咬唇,慢慢道,"其实楼层的护士应该是轮流排班的,每个人每天到不同的房间服务。"

"所以呢?"李钟敏的语气有些漫不经心,"你什么时候对这些感兴趣了,准备开家医院吗?"

夏媛宸安静下来,有一瞬间她其实在想,李钟敏他到底是真的不懂,还是懒得去懂。不过,似乎也没什么分别。

她到现在还记得自己在Mirslina岛上,在那棵椰子树下第一次见到这个男孩时的情景——她被黑人保镖摁在沙子里,连岛上任何一个微不足道的平民都不如;而他冷漠地俯视着她,却是真正掌握一切的王者。当时她的视线里只能看到他那双裸着的白皙如陶

Chapter 01 天使的最后一个愿望
第一章

瓷般精致的脚而已,那细腻完美的色泽简直不似活人。

应该也算是另一种悲剧吧,这个男孩站的位置太高了,他从出生起就跟普通人隔开了遥远的星河,偷偷喜欢他的女生是渺小得可以忽略的泥土,大胆鼓起所有勇气向他告白的女生都是讨厌的昆虫……他视万物为无物并且有这样的资本,除非他愿意将你看进眼里,否则你永远也走不进他的世界。

夏媛宸突然觉得……突然觉得很庆幸。自己何其幸运,阴差阳错的,在一环接一环的故事甚至是事故里,被他看进了眼里。

她低下头,将自己柔软的下巴垫到李钟敏的颈窝里,轻轻蹭了蹭,双臂环紧了他。至于那位美丽可爱的护士小姐,就是她心里的秘密了。

距离医院一条街的位置便是五星级的克里斯瑞奥酒店,当他们来到门口的时候,保镖已经恭候在那儿,一见李钟敏就快走两步上来,低头双手奉上房卡。

"少爷,东西都准备好了。"

"嗯。"李钟敏面无表情应了声,示意夏媛宸接卡,背着她慢慢往电梯口走。

训练有素的酒店侍应生看着这一幕都不禁犹豫地想上前提供帮助,但在看到他们身后默然跟着的两位高大随从之后又都不约而同地停下。这位客人应该不需要他们。

保镖在跟到房门口后就停下了。

李钟敏背着夏媛宸进屋,来到那张豪华的大床边略显粗鲁地将她丢到床上,活动了下肩膀咕哝道:"人看着挺瘦,为什么那么重啊?虽然没有妈妈亲手做的方便面,但也每天很努力地在吃饭吧?嗯?是不是,丑丫头?"

夏媛宸被摔得东倒西歪,恍惚间又见到那个mirslina岛上邪恶毒舌的岛主殿下了,抽搐着嘴角道:"喂,李钟敏,你一天不讽刺我会死吗?还说我丑,那还找我干吗?你海水喝多了吧?"

"很奇怪吗?我交朋友不看对方长得丑不丑的,反正都比我丑。"李钟敏漫不经心地答着话,低头去翻墙边堆的袋子。

夏媛宸跪坐在床上盯着那家伙俊美冷傲犹如被钻石粉层层铺垫雕刻出的完美侧脸,一时间竟无言以对……

墙角边"哗啦哗啦"的声音还在继续,夏媛宸伸伸脖子,忍不住凑了过去。

只见李钟敏已经将黄色的超市塑料袋里装的东西一股脑儿倒在地上,装锅的硬纸盒,一大包酸菜牛肉速食面,精美的欧式浮雕花纹碗筷,餐布,调料,牙签……哦,对了,还有个封好的布袋子,全都散落在橘黄色的地毯上。

这五花八门的东西看得她直想笑,李钟敏则狠狠撇嘴用两根手指头嫌弃地夹起那块

美艳妖娆的红色餐布，咬牙切齿道："真是帮蠢货！谁家吃方便面会铺这个啊！"

"你啊，哈哈哈。"夏媛宸没忍住乐出声来，感动的氛围瞬间给冲淡了，问："喂，你不会是要亲自给我煮面吧？虽然我很感激，但你确定你煮的东西可以吃吗？"

李钟敏斜了她一眼说："我们小时候可都是跟着野战军团在炮火里躺过，泥里滚过的，和你们所谓第一阶梯家族的寄生虫可不一样——哦，他们的本能应该就是让保姆用人服侍吧？"

夏媛宸张张嘴，唉，又一次被这家伙堵得不知该说什么。他要不要这么记仇啊。

几分钟工夫，李钟敏就已经熟练地支锅插电，放水下面了，然后顺手又拆开一袋熟食培根，"嚓嚓"撕了几下，一块儿煮了进去。

锅里很快溢出了香味儿，夏媛宸弯腰盯着锅越凑越近，眼睛都看直了……小脸熏得红扑扑的，简直棒呆了！原来这就是亲眼见到有人为自己做了一份食物的感觉……那种满足那种幸福几乎能把你淹没。

"我——我说你——你给我走远、远、远点儿。"李钟敏不能忍耐似的伸出一根手指朝夏媛宸光滑的额头点啊点啊一直点，硬给推开了，"要起锅了，你让开点儿好吧？瞧你那点儿出息。"

夏媛宸被他推开后傻傻地站着乐，自己伸出小手拨弄拨弄头发帘，完全不计较他说话难听了："对啊对啊，我们这种凡夫俗子哪里能跟王子殿下你比，脸上都写着大写的英俊呢！"

李钟敏举着锅，眼神古怪地瞪了她片刻，他中文不达标，而那话听着真不像什么好话啊。

"给。"他把面连汤倒到碗里，把筷子抽出来递给她，拉过暖黄色的柔软沙发椅摁着夏媛宸坐下，然后随手将红色的餐布哗地一下盖到她脑袋顶上，"啪啪"拍了两下手说，"来，现在我数一二三，掀起你的盖头来。"

"……"夏媛宸叹气着一把扯掉自己头上的盖布，"我说你这几天到底在看什么乱七八糟的小说啊……"

她小口小口享受完自己的爱心晚餐，连汤都喝得一干二净，还打了一个饱嗝，满足地揉揉肚子，左右看看突然发现李钟敏不知道去哪儿了。

"李钟敏？"

"人呢？"

她试探着叫了两声，开始往卧室走去。

"这儿呢，你等会儿。"洗手间里传来了闷闷的声音。

Chapter 01
第一章

天使的最后一个愿望

夏媛宸快步走到那扇核桃木的棕色大门前，试探着转了下把手竟然没有打开，只得敲敲门问："你在干什么？锁着门呢。"

"废话，谁在卫生间里不锁门？"里面的李钟敏没好气道。

"但也没谁在卫生间一泡半个多小时的啊……"夏媛宸小声念叨。可也不知道里面那家伙耳朵是什么构造，这居然都能听见，立刻听到张牙舞爪一声吼："你说什么？"

"没……没，我什么都没说，你慢慢来。"夏媛宸无奈举手投降。

又过去了二十分钟，里头还没有动静，她隐隐有些不安了。

"李钟敏，你是不是不舒服？"她再次过去敲门，这次耳朵都凑到门边去听，"要不要我叫保镖进来？"

静静地等了三秒钟，里头没人吭声……

夏媛宸脸色一变，声音也提高了："李钟敏！你现在给我开门！不然我叫他们进来撞门了你听见没有！"

"行了行了，别吵了。"李钟敏标志性的略微不耐烦的声音响起，紧接着，门锁被"啪嗒"一下拧开了。

夏媛宸推门进去，与外面房间温暖柔和的色调不同，里面的灯光居然被调得十分明亮，配着淡金色的洗手台和华贵的步入式石阶卫浴显得越发耀眼，夏媛宸不由得被晃了一下，眯了眯眼才对上眼前的人。

"……"

那么讲究的家伙竟然坐在马桶盖上？

"你……你这是干什么呢？"

"当圣诞老人啊。"李钟敏玩世不恭地挑挑眉，将双手一摊，坐在马桶上竟然也笑得风华绝代，"喏，本来想完成你所有的愿望——背你回家的爸爸，给你煮方便面的妈妈，还有……唉，可临时出了点儿问题，我能不当你姥姥吗？"他叹口气将缠了自己一胳膊的毛线球扔到地上，忍不住踢了一脚道，"这玩意儿真是太烦了！"

夏媛宸静静地站在那儿，张张嘴，想说些什么，可嘴里干干的，竟然什么都说不出来。斥责父亲自私懦弱时她能诉出一生的委屈；哭诉母亲无视冷淡时她有流不完的眼泪。而此时此刻，在这样应该开心应该幸福大笑的时刻，她却一个字说不出来。

窗外落日的余晖铺向广博包容的土地，匆匆走过的行人如倦鸟归家，知了在树上轻声地叫啊叫啊，仿佛在问：呀，呀，在你短促而匆忙的生命里，你有没有想过会遇到这样一个他？

他在自己的国土里至高无上，却愿意背着你行走于陌生国度的纷杂土壤；

他被训练得学会了使用金属冷硬的枪支弹药,却愿意为你放下身段尝试织就一顶绒线帽。

……

她是真的没想到。

原英焕喜欢她拒绝时的桀骜与清亮不服输的眉眼;郑允文喜欢她在船上高傲的姿态和飞扬的神采;独有他,喜欢上了她的眼泪,记住了她在哭泣时许下的愿望。

李钟敏,你知道吗?

遇见你,我被世界温柔以待了。

Mirslina岛不是我曾经面临死亡的见证,而是我的重生啊。

第二章

幸福是镜花水月

幸福仿佛就在她一伸手就能触碰到的地方，只要她有勇气推开。

第二天中午，阳光很好，夏媛宸在与李钟敏斗嘴了一会儿后，笑着说有事情要出去一下。

李钟敏收起方才轻松傲娇的神情，深深地凝望了她片刻，忽然双手扶住她的肩，说："你不会后悔今天的选择的，夏媛宸。"

他叫她的名字，那声音低而清澈，犹如一道电流，顺着她的脚底直蹿到她的头顶。

她的笑容一直铺满脸上，直到来到了原英焕的病房外——只差一点点了，差最后一点儿路了，她马上就能拥有与以前截然不同的人生了。夏媛宸握住泛着银色金属光泽的门把手，深吸一口气，推开门。

"原英焕，你——"

一句最普通的招呼都没有说完，因为任何人都能看得出原英焕状态不好，很不好。

他微闭着眼以一种很别扭的姿势靠坐在床头，原本亮金色蓬松漂亮的头发此时都黯淡无力地贴在额角边，嘴唇发白起了皮，而床头柜上的水杯竟然是空的！窗帘大敞着，刺目的阳光直晒在原英焕的脸上，照得那一块皮肤都在泛红，可想而知有多难受。

那一瞬间夏媛宸说不出心里是恼恨还是心痛，她几步跑过去，甚至顾不得这种剧烈的动作再次带痛了腰伤："负责你病房的护士呢！就这么把你晾在这儿？我非投诉她不可！"

她"唰"地一下拉上了纱帘，回身给原英焕倒水，气得手都在抖。

"算了……"原英焕的精神很不好，声音都是哑的，他看到夏媛宸端着水杯过来，似乎努力地想撑起身体去接，可随即就吃痛地朝右侧歪了过去。

"你小心！"夏媛宸立即紧张地上前扶住了他，水差点儿洒了。这个弯腰的姿势让她有点儿难受，她把水杯放到一边，忍着腰痛将他扶正，又拿枕头为他垫到了脑后，然后才打开抽屉去找吸管："你是不是要喝水？我喂你。"

她将杯子送到原英焕嘴边，看他马上大口大口地吸了起来，很快"滋啦"一声水就见了底，他喝到了空气立刻呛得咳嗽了起来，左手捂住嘴头偏向一侧，脖颈几乎能透出血管的色泽。

只是几天，只是几天！他怎么就能虚弱成这样！

夏媛宸坐在一边眼眶发热，咬着牙按下紧急呼唤铃，她必须得问这里的医生护士是怎么看顾病人的！

"丁零零——"刺耳的声音在护士台响起，一名穿着粉衣制服的护士拿着托盘小跑着推门进来，脸上倒是很紧张："怎么了？伤口疼了是吗？"

第二章

"我问你,你们是怎么照顾病人的!"夏媛宸"噌"地站起来,劈头盖脸怒喝道,"他杯子里连口水都没有!窗帘大开着是要晒死谁?还有看看他那脸色,差成这样了!是不是有炎症,是不是发烧,需不需要输液,这些还要我教你们吗?你们是干什么吃的!"

那小护士也是应届生,全靠父母的高层关系才把她塞到这家知名医院的VIP服务区,本来就是图清闲的,没想到上班没几天就遇到了夏媛宸这个硬茬儿,小小的女生气势可不小,几乎要把她骂哭,最郁闷的是她真的冤枉啊!

她两个小时前进来的时候明明提前拉好了窗帘,还给那位原少爷床边特意放了一壶凉开水,当然她也愿意时时在屋里守着。可人家不愿意啊!这位原公,看到她们护士就大发脾气,说不要管他。能住进VIP病房的病人都是权贵,她们没事怎么肯轻易招惹?既然原英焕心情不好,那只能躲着了。

但眼下瞧着夏媛宸难看的脸色,她却不敢解释太多,生怕这个小姑娘火起来在楼里闹一场,只得怯怯地说:"这……刚做完截肢手术,是会有炎症的,我们已经开了药,请您放心……"

"我能放——"她的话突然停住,在那短短的一霎,仿佛连呼吸都凝住了,手心里像是忽然抓住了一块冰那么凉。

"你刚刚说什么?截肢手术?"她的身体有点儿哆嗦,嘴里一个字一个字地挤出来,"谁截肢了……"

"就是这位……"

"你闭嘴!滚出去!"原英焕突然大吼起来,眼睛通红!左手抓起桌上的玻璃杯就朝她砸过去,身体前倾的一瞬险些栽下床去!

"啊!"小护士吓得尖叫一声,扔下托盘就跑了。

夏媛宸回身一把抱住了原英焕,这一刻她分不清是自己在发抖还是怀里的少年在发抖,她感觉自己脸上湿湿的,应该是哭了,可是又不知道自己在哭什么。

不会的……不会是她想的那样的……

"原英焕,告诉我……发生什么事了?啊?"她的声音不停颤抖。

原英焕久久没有出声,只能听到压抑的,那种简直能钻到人骨头里的痛苦的闷哼,像一只受伤的年轻孤狼,永远地离开了自己的草原。

"夏媛宸,我们取消婚约吧。"

终于,她听到他低声说。

夏媛宸的指尖动了动,慢慢地放开他,低头看着男生一双猩红的眸子,带着水光。

这句话原本就是她今天来的目的,是她与钟敏万分期盼能得到的救赎,可是此时此刻,她却无法说出一个"好"来。

"告诉我,为什么?"

原英焕一点点抬起眼睛,那目光从血红逐渐变得冷凝,好像连心都凉了,他说:"不为什么,我已经配不上你了,就算我不提,你也一样会离开。"

夏媛宸的胸膛剧烈地起伏着,未知的恐惧几乎要淹没她。她忽然控制不住吼了起来:"别再给我绕圈子了!告诉我到底怎么回事!什么截断!截断了什么!原英焕你跟我说!你说啊!"

原英焕闭了闭眼,轻轻地拿出了一直放在被子里的右手,他的右手裹着纱布,清晰的……四根手指。

腿发软,她跌坐在凳子上。

"为什么……怎么会这样……"眼泪哗啦一下喷涌出来,夏媛宸以前不知道人是可以这么流泪的,源源不断的,永无休止的……痛苦。

她捂住嘴,想伸手去碰碰他的手,却哆嗦着停留在半空中。

原英焕神情漠然地盯着前方黑着屏的电视机,冷硬的语气就像在说别人的事情:"小指是被钢筋砸断的,保不住了,就砍掉了。右手伤势严重,虽然已经做了手术,但也基本废掉了。我父亲说原家不需要一个连握手都做不到继承人,他会考虑取消我的继承权。夏媛宸,我完蛋了,你明白吗?"

夏媛宸张张嘴,说不出话来。

原英焕闭了闭眼,吐口气道:"我知道你从一开始就不喜欢我,可我总是想努力一点儿,再努力一点儿,或许就可以给你幸福,就可以让你爱上我。可现在——"

"算了。"他突然伸出那只缠满层层纱布的右手,举到她面前,面无表情地说,"还给我吧,那个原家的信物。"

夏媛宸僵硬着身体一动不动。

原英焕再次将手往前伸了伸,轻声道:"给我吧,夏媛宸。让我说分手,就当给我这个'残废'留下最后一点儿尊严。"

此刻,那条原家的项链就静静地在她病号服的衣兜里,夏媛宸慢慢将手插进去握紧它,可她盯着那只缠满纱布的手,却无论如何也拿不出来。

幸福明明离她那么近,那么近啊,但她很怕——怕自己永远也走不过去了。

夏媛宸回到病房的时候带着一身的凉意与水汽,李钟敏跷着腿坐在沙发上看杂志,一见她的模样就皱了眉,起身大步走过来:"你去哪儿了?怎么弄成这样?"他扭头看

第二章

看外面,"这也没下雨啊。"

夏媛宸低头咳嗽两声,环抱住自己瘦削的肩膀。

李钟敏无奈地脱下自己的薄外套将她罩住,长臂一伸揽着她往卧室走,嘴里没好气道:"你可别告诉我你跟原英焕摊牌之后太内疚了,就跑前院喷泉那里罚了会儿站……"

"李钟敏,"夏媛宸突然打断了他的话,"原英焕的手废了。"

李钟敏手臂一僵,停住脚步,片刻之后才微微低下头,问:"你说什么?"

夏媛宸没有抬头,李钟敏只能看到她头顶的发旋,像是海洋里搅动的变幻莫测的漩涡,他听到她轻轻地说:"他的小指被砸断了,已经截肢了,右手刚做完手术,但也已经废掉了。他……都是因为我才弄成这样。"

李钟敏的表情生硬,目视前方,一言不发。

夏媛宸深吸一口气,抬起头注视着他的侧影:"我没办法开口,对不起,我真的——"

"好了,我都知道了。"李钟敏骤然出声,转身面对她,双手扶住她的肩,平稳了下呼吸,放缓了语气说,"夏媛宸,我可以理解你现在的心情,你们是朋友,你不忍心现在对他雪上加霜,那好,没有问题,我可以在这里多留一段时间等你——甚至是等他度过这段恢复期,好吗?"

"我……"

"行了,你也累了,我们先不要谈这个问题了。"李钟敏放开她,目光迅速在屋里搜索一番,突然走到茶几旁拿起银色的暖壶,背对着她声音低沉道,"没有热水了,我去接一壶。"而后几步就迈出了门。

夏媛宸定定地站在原地,只觉得难过的情绪如潮水般涌上来要把她淹没了。

李钟敏,我到底该怎么办呢……

之后的几天,两个人不约而同地没再提这件事,变得有些沉默,只是夏媛宸开始每天去陪原英焕输液,从早上九点到十一点。

而向来唯我独尊的李钟敏居然忍耐了下来,只是在第三天夏媛宸要出门的时候突然粗声粗气地说了句:"十一点半前必须回来,跟我吃午饭!"

夏媛宸停下,回头看他。

李钟敏将杂志翻得哗啦哗啦响,头也不抬,绷着脸又道:"说说话就算了,不许做别的。"

夏媛宸咬住唇,心里酸痛,一言不发。这个别扭的家伙依旧把她视为私有物品,即使在她有了动摇之后,他的骄傲竟然也没有令他放手。他还在等她,还在喜欢着她。

可她已经进退维谷了啊。

仿佛感受到她的挣扎,李钟敏慢慢抬起头,浅淡的瞳仁注视着她的眼睛,片刻之后,起身朝她走过来。

"夏媛宸,一切都会好起来的,我保证。"

"会吗?"

"嗯。"坚定的视线仿佛带着魔力,让她的心随之颤动。

到达原英焕病房的时间比平时晚了些,夏媛宸进屋后看到原英焕正面无表情地靠坐在床头,两只手盘在身前的被子上,一副拒绝的姿态。

而之前见过的那名小护士和主治医生都站在旁边,小声地好像在劝着什么。

"这是怎么了?"她打起精神用轻松的语气问道。

小护士一看到她马上松了口气,夸张地对原英焕拍拍手笑道:"原公子,你看,你等的人也来了,我们现在输液可以吗?"

还没开始输液吗?夏媛宸疑惑地望向原英焕。

原英焕的脸红了一下,干咳一声,生硬地伸出胳膊:"刚才很烦,不想输……哎,你们还磨蹭什么!动作快点儿啊!"

护士小姐立刻动起来,麻利地给他扎上回血带。医生则翻开诊疗记录,一页页仔细地看,交代注意事项。

夏媛宸在旁边瞧着,忍不住道:"你们之前要是也能负责点儿多好,白让病人吃那么多苦。"

医生抬起头,仿佛有些莫名其妙地看了她一眼,还没张口就被护士拉住。

"哦——我们一定注意,一定注意啊。"说着,扯着医生的袖子就出了门。

夏媛宸回头看看他们有些匆忙的背影,隐隐感到奇怪,可随即就听到原英焕要水。

"好的,来了。"她答应一声,快步过去给他倒了水,又将液体滴下的速度调慢了一些,这才拿了个苹果坐下。

原英焕看着她的动作,嘴角止不住地上扬,眼底也隐隐闪着以前得意的神采:"我也不是小孩子了,你老调那么慢干吗?还怕我疼啊?"

"是啊,你以为呢?"夏媛宸一边削果皮一边没好气地说,"你不知道自己前几天有多吓人,瘦得青筋都出来了。"她顿了顿,忽然用手背去碰了碰他露在外面的右臂,"不过这会儿感觉又养回点儿肉了。"

Chapter 02 第二章
幸福是镜花水月

"所以你要好好伺候我啊,可别再让我又瘦回去了。"原英焕理直气壮地说。

"我这不是一直在精心侍奉您吗,原大少?"夏媛宸翻了个白眼,将苹果切成块放到玻璃碗里,拿起叉子喂他。

夏媛宸见他心情好一些了,抿抿唇,仿佛不经意似的试探说:"要不再养几天就出院吧?我觉得这里的医疗水平可能不太好,你的手……未必到了没办法的地步。我们出国去看看好吗?"

清脆的咀嚼声停了,屋内陷入一股诡异的沉寂。

夏媛宸低着头,竟然有些不敢去看他,她突然深深地憎恶起自己的阴暗和卑劣。在原英焕陷入这种困境的时候,她考虑的却是如何逃脱自己应背负的责任。

她攥着叉子,力道越来越紧,几乎无地自容,想要夺门而去。

下一刻,又恢复了嚼苹果的声音,原英焕用几乎听不出情绪的声音道:"我会考虑的……我也希望自己能好起来。"

夏媛宸无声地长出口气,僵硬的后背微微放松,再不敢说什么。

VIP病区中午十一点开始给不方便去餐厅的病人送饭,四菜一汤,伙食还不错。

夏媛宸看着原英焕慢悠悠地喝完最后一口乳鸽汤,心里有点儿着急,眼睛不自觉地老去看表——已经十一点四十五分了,不知道李钟敏那家伙会不会已经夯毛了。夯毛也没事,拜托千万别跑到这里来闹事啊。

她在心里默默念叨,却听到身边的原英焕问:"怎么?有事?"

"啊?"夏媛宸愣了愣,还没找出借口来解释,就见原英焕微微一笑,拿起餐巾纸缓缓擦擦嘴,说:"有事就先走吧,我吃好了。"

"哦——那好。"夏媛宸咬咬牙干脆地起身,努力笑得自然,"我办点儿事,回来再过来看你啊。"

"嗯。"原英焕点点头,笑着目送她离去,眼见着门合上,少女的背影彻底消失不见。他一点点放下嘴边的纸巾,满脸的笑容变成了咬牙切齿的愤恨和即将被抛弃的哀伤。那种既愤怒又委屈的样子,无端地……竟看着有些可怜。

当夏媛宸气喘吁吁地跑回自己的病房的时候,远远就见到李钟敏正抱肩站在中央护士台前,脸色阴沉而冰冷,散发出的生人勿近的气息简直能将周围三丈变为隔离区。

但仍然有人不畏死地靠上前,付婉婉鼓起勇气战战兢兢地走过去,两手小心地捧着一罐已经打开的燕麦黄桃酸奶:"李……李钟敏,你要不要尝尝这个,很好喝的……"

李钟敏慢慢转过头,付婉婉的身材已经算高挑的了,而他的身高足足比她高出一头,此时他微微眯起眼,那种居高临下的俯视姿态无端地就能带出些蔑视和嘲讽,即使

他还什么都没有说。

而当他开口，更是一场灾难："在我们国家的动物园里，想争得更多权利的母猴子会争先恐后地向猴王献上食物，以期待被看上。可惜——猴王不吃酸奶。"他啧啧两声，破天荒地，对付婉婉露出了认识以来的第一个笑容，却是充满恶意的。

付婉婉微微一怔，长睫毛下的大眼睛眨了眨，泪水扑簌簌掉落，表情却还是呆呆的，那模样看着更加可怜了。

其他的护士呼啦一下围上去，七嘴八舌地小声安慰：

"婉婉不要哭了……"

"好的男孩子多的是，我把我哥哥介绍给你怎么样……"

"这人怎么这样，干脆不要他待在我们医院了……"

夏媛宸隐约觉得有点儿不对劲，她快步跑过去时，付婉婉却已经抬手轻轻拦下大家不让她们再说了。

"真是对不起啊，他……他说话就是比较……不好听。"夏媛宸一脸歉意地对付婉婉道。这里的护士年纪都不大，全是二十出头的样子，而付婉婉看着就更加小了，梳着马尾的样子说是高中生也可以，第一次在楼道里见到她时夏媛宸还以为她是暑期工呢。付婉婉这么天真无邪的少女，喜欢李钟敏，也不算犯了什么错啊，不该被人当众这么羞辱。

"李钟敏，你是不是有点儿过分了，人家哭了啊。"夏媛宸偏过头，小声对他道。期望他能就势说句"不好意思"之类的话，哪怕只是敷衍也好。

不过她明显高估了李钟敏的教养，只见他嫌恶地飞给付婉婉一个白眼，仿佛少女的眼泪对他来说跟水龙头里的自来水没什么两样。

"关我屁事。"他清晰而冷淡地吐出四个字，突然伸手迅如闪电地一把扯住夏媛宸的耳朵！

"你这种又愚蠢又不守时的母猴子还敢替其他奇怪的东西求情？！我真是恨不得把你送到帕帕斯海域让你见见期待你许久的小伙伴啊！"

"那……那是什么？"

"一头叫温妮的大白鲨，是个温柔的好姑娘哦。"

……

付婉婉沉默地望着两个人拉拉扯扯地走远，眼底闪过一丝隐藏极深的羡慕，虽然一样是不耐烦的讽刺，可李钟敏在面对那个叫夏媛宸的女生时，举手投足间分明透着与旁人没有的亲近。

第二章

两个人到餐厅楼时已经过十二点了，夏媛宸催着李钟敏拿现金去兑餐卡，自己一溜烟跑了进去。

医院的餐厅有点儿像商贸中心的美食巷，不过环境要幽雅干净许多，十几个不同种类的招牌店围成一个半圆形，向南有面巨大的落地窗，风景还不错。

"我们吃什么？要那个印度手抛饼吧，怎么样？昨天我看到那个帅哥厨师做了个香蕉口味的感觉还不错呢……"夏媛宸扯着李钟敏笑眯眯地说。

李钟敏被她拉着懒洋洋地往前走，翻着白眼说："你是看那个帅哥厨师不错呢，还是感觉那个饼不错呢？"

"呃……"

"夏小姐，做人不要那么贪心，最帅的碗就在你旁边了，别再看别的锅了，好吗？"

"唔。"夏媛宸眼神飘忽，虽然话是这么说没错……

李钟敏则完全没得商量，直接把手从夏媛宸的胳膊里抽出来，长腿一迈嗒嗒嗒地就朝前面小笼包子摊位走："今儿就吃包子吧，瞧那位老师傅一脸岁月的沧桑，肯定有长年累积下的好手艺。"

"喂！"夏媛宸站在原地哭笑不得。可真是长年累积下来的老师傅，那满头的白发怎么也不会是一天长出来的吧！也难为李钟敏一眼就从这么大的餐厅里找出了个年纪最老的掌厨。

她追上去才要笑话他几句，就听到身后传来一声略带意外的呼唤："夏媛宸？"

夏媛宸定住，慢慢转过头。

原英焕穿着宽松的蓝白条纹病号服，手里拄着拐棍，脸上满是惊喜，就仿佛这是一场真的巧遇一般，问："你不是出去办事了吗？这么快就回来了啊？"

"呃……我……"夏媛宸心跳得有点儿快，紧张得一时磕巴起来，她从没想过三个人会在这种情形下相遇。

一只手突然从后搂住她，松松的，但是占有意味十足。她听到李钟敏在她头顶用一种惯常的极冷漠的音调说："我们是来吃饭的。"

"啊……这样啊……"原英焕愣住了，一时间连笑容都僵住了。

这片小空间好像被透明的玻璃球包裹住，与周围隔离开来。

其实从旁人角度看过去，这样两个少年的对峙是有些可笑的。李钟敏穿着浅咖色衬衫和白色长裤，钻表在腕上熠熠生辉，一身低调奢华的得体装束配着那张简直是用钻石打磨出的精致冷淡的面容，仿佛王子出巡，周边臣民皆要俯首叩拜；而原英焕呢，一身

松松垮垮的病号服，额头上还涂着花里胡哨的紫药水、红药水，挂着拐杖的单薄身体颤颤巍巍的，眼神躲闪。

他们，根本不具有可比性啊。

但越是这样，夏媛宸就越是难过。她还记得这俩人第一次在岛上相遇时的样子，李钟敏像只丛林里独来独往的年轻豹王，孤高傲气；原英焕也像一只初出茅庐不怕虎的狼崽子，时刻磨着锋利的爪牙龇牙咧嘴地要挑衅。哪里……哪里会像如今这样，连质问不满的话都说不出口。

"原英焕，我……"一股酸涩的感觉涌上心头，夏媛宸下意识往前走了一步想解释，而原英焕已快一步开口阻止了她。

"没事的，你跟朋友在一起聊聊天吃吃饭挺好，老在病房陪我你也闷啊。我……我就是突然想吃个甜品就出来了，你们不用管我啊，哈哈。"少年似乎努力想做出豁达释然的样子。

夏媛宸巴不得他转话题，听到这里立刻道："是吗？今天的甜品是汤圆，我刚才也看到了，卖相不错的样子呢。你……啊，甜品站在你后面呢，你不买吗……"她突然注意到，原英焕叫住他们的时候是背对着甜品摊正要往出口走的。

"嗨，忽然不想吃了！"原英焕听到她的话却好像越发不自在，他用力挥了下左手，却因左手挂着拐杖还险些摔倒。

"小心！"夏媛宸马上过去扶住他，而李钟敏本来搭在她肩上的手则彻底悬空着僵在了半空中。

夏媛宸发现了原英焕始终插在兜里的右手——原来是这样，他没有办法把汤圆端到桌上去，所以他不吃了……这个发现让她一下子难过得想掉泪。

她深吸一口气，扶着原英焕回过头，对李钟敏平静道："你自己吃吧，我先陪英焕了。"

李钟敏慢慢眯起眼，从她的角度看过去，能看到他紧咬的牙关和眼底凌厉得几乎能杀死人的锋芒。

可她无法让步。

夏媛宸用眼神无声地向他道歉。

"夏媛宸，你好样的。"李钟敏在暗暗运气两回合后，终于还是微微点着头，冷冷地撂下一句话扭头走了。

他在心里一遍遍自我催眠，不要跟残疾人计较，不要跟残疾人计较。灾后重建还有心理疏导呢，对不对？就当夏媛宸这会儿去做心理医生了……

Chapter 02 幸福是镜花水月
第二章

他给自己念叨半天,才好不容易让心火下去些,正好走到了出口拐角的位置,他转弯欲下楼,无意间却瞥到了正盯着自己背影的原英焕,那家伙背对着在排队等汤圆的夏媛宸,正用一种得意的、挑衅的、仇视的、恨不得将他咬碎了吃掉的目光瞪着他!

李钟敏惊愕地站住,那一瞬间的讶异完全落入原英焕的眼里,两个人隔着餐桌、隔着过往的服务人员无声地对视着。

而原英焕在发现他看到自己之后竟然完全没有躲闪,唇边还浮现出一抹恶劣的笑。

李钟敏一巴掌拍上楼梯扶手,捏得紧紧的,咬牙切齿再也憋不住所谓的涵养。这家伙根本还是当初那个会咬人的狼崽子!什么自卑,什么怯懦,什么灾后创伤!纯粹是哄夏媛宸玩呢吧!他简直都怀疑所谓的断指和残废也是这个家伙的一出戏了!

不过想也知道不可能,这种东西又不是什么秘密,少没少手指一眼就能看得出来。但是右手到底怎么样就难说了。李钟敏的眼神有些暗沉,似乎有寒霜萦绕在周边,连附近的温度都低了几度。

装吧,尽管装吧。有本事就把他少的那根指头跟什么白血病、骨癌扯到一起啊,否则还指望能拖夏媛宸一辈子?李钟敏不无讽刺地想着。

李钟敏微微昂起头,眼神像掠过卑微的昆虫,头也不回地下了楼。

夏媛宸陪着原英焕吃完了汤圆,看他一时不想回病房,便带他在花园里走了一圈。

原英焕坐在花园的凉椅上舒服地舒展身体,让阳光均匀地洒在他的四肢上,感慨地念叨了一声:"嗯,舒服啊……"

夏媛宸微笑着看着他,忽然不知想到了什么,出声说:"你等一下啊。"然后站起来便朝远处走去。

五分钟后她从另一个方向返回来,手里拎着个塑料袋,脸上还带笑。可下一刻,那笑容就顿住了。

她发现原英焕还保持着她刚才走的时候的姿势,怔怔地望着她离开时的地方,眼里有些怅然,有些伤心。他在想什么?他以为自己去做什么了?找李钟敏吗?

夏媛宸不由自主地捏紧了手里的袋子,她突然很怕去想象自己之前每天陪他输完液就急急忙忙撒谎要离开,原英焕在她走后是以怎样一种姿态,呆呆地望着那扇紧闭上的房门的?

眼底有股潮湿的感觉,她狠狠甩头让自己的情绪看起来正常些,强迫自己换上轻松欢快的模样快步跑过去。

"噔噔噔!看这是什么?"夏媛宸一下蹦到他身后,将塑料袋举到他眼前。

"啊!"原英焕的声音里有着明显的惊喜,"牛肉干?M豆?浪味仙?哈哈,竟然还有可乐啊!"

他用左手一把扯住夏媛宸拿袋子的手,将她拉到跟前来,而夏媛宸也马上顺着他的力道走了过来,紧挨着他坐下。

"你刚才是去给我买零食了啊?"少年的脸上神采飞扬,眼底兴奋的光芒简直能晃伤她的眼。

"是啊,我感觉咱们在这里晒太阳、看喷泉,手边要是没点儿零食也太煞风景了,就去门口的小卖铺买了些,不过不知道原少爷吃不吃这种平民的东西呢……"夏媛宸故意为难地嘟起嘴,"如果你要是不喜欢的话,我自己来也——"

"去去去!都是我的!不准抢!"原英焕听到却好像有百万财产要被人瓜分掉了一样,"噌"地一下将塑料袋整个捂到怀里,梗着脖子,连脑袋顶的紫药水都闪闪发光了。

"没出息。"夏媛宸忍不住笑开了,抱肩斜睨着他。

"笑也没用,美人计也没用。"原英焕嘀咕着翻出一袋巧克力,手不方便干脆用牙咬开个口子,一扬头就嘎巴嘎巴倒进去好几颗嚼了起来,一边吃还不忘一边臭屁地指点道:"还有啊,别说我白吃你东西,女孩家不要学男人跷腿抱肩,不好看,嫁不出去的。"

那嚣张跋扈大开大合的姿态倒跟以前没什么两样。夏媛宸看他这样只觉得十分开心,眼里都柔和了,难得没骂人,反而调侃道:"呦,心情不错啊,看来我应该多陪你出来走走的。"

原英焕往嘴里倒巧克力的动作僵了一下,然后慢慢放下手,脸上的笑容刻意收敛了许多:"咳,对啊,晒晒太阳是觉得很舒服。不过我出来一次也不方便,还要你扶,太麻烦了。"

"这有什么麻烦的!"夏媛宸生怕他再莫名其妙自卑起来,脑子一热站起来就骂道,"你之前要替我坐炸药都不怕,我还怕来扶会儿你?我要真是这种人,你当初就该让我炸死在里头算了!"

这话说得重,吼得原英焕都呆了一下,片刻之后他尴尬地笑着举起左手示意投降:"得得,算我说错话了,夏媛宸大小姐您大人不记小人过。"

夏媛宸扭头哼了一声,问:"那还坐不坐?"

"我倒是想,不过——"原英焕指指侧方不远的树下,一个小护士束手站在那儿,犹豫着要过来又不知该不该来的样子。

夏媛宸转头看了一眼，居然是付婉婉。

"你等我一下。"

她走到付婉婉身边，回头确定这个距离原英焕应该听不到的，才低声问："怎么了？是……李钟敏叫你来找我的吗？"

不能怪她会这么猜，这姑娘完全就是李钟敏狂热粉丝啊。

不料付婉婉却摇摇头，学着她的样子小声说："是你父亲来了。"

夏媛宸这才想起自己没带手机。不知道他今天来是又来道歉的，还是来说服她劝她妈回来的，但不论是哪一种，原英焕都不适合在场。

夏媛宸不想让季子山找下来，只得回到原英焕身边说父亲临时寻她有点儿事。

原英焕搂着那堆零食，再看看前面漂亮的喷泉倒有些恋恋不舍了。其实这里并不是什么稀世的美景，大溪地的风光他也觉得没什么稀罕的，可他不舍得在这里夏媛宸对他温柔的笑容，她不急不躁只是陪伴着自己的模样，尤其是她完全没在偷偷挂念那个李钟敏的时光……

于是他纠结了一下说："我还想再坐一会儿，好吗？"

原英焕难得有这种小声征求别人意见的时候。

夏媛宸当然马上点头："好。"

而他随即又出声问："那——等下你跟季伯伯谈完话了，还会回来吗？"

夏媛宸怔了怔，然后笑了："当然了。"顿了顿后，她竟然弯腰用额头轻轻碰碰原英焕的脸，"有点儿凉了，笨蛋，待会儿给你拿条毛毯下来。"

"……"已经对各路美女、小明星都快失去兴趣了的原大公子就那么呆呆地半张着嘴，完全傻在了原地，耳朵还以可疑的速度迅速红了起来……

而本来只是勉强自己亲近原英焕，想让他开心的夏媛宸，竟也莫名地被他带得脸红了起来。毕竟也是个风华正茂的俊朗少年啊，如果没有李钟敏的强势对比，这完全就是个不可超越的校园极品高富帅……

"我……我先走了。"夏媛宸逃也似的跑开。

严格来说夏媛宸绝对不是什么花痴。她出身大家族，未离家前也是成天在纸醉金迷里打滚的，有钱帅气的小少爷和有钱不帅的丑冬瓜都见太多了，对她而言就是个符号而已，所以她之前在面对人品低劣的原英焕时会那么唾弃抵触。

可是现在，不论她承不承认，原英焕对她来说早就不一样了。他跟她吵过架，示过爱，骂过她，也哄过她；他曾把她逼上绝路，也几乎要用一死来弥补他所有的错误。

他用生命讲述了一场少年充满激情和不安的情感。在南北两大经济体掌权人的见证

下，以一种近乎悲壮的姿态闯进火场，也闯进了她的生活。

这以后的他是活生生的，他的眼睛是明亮的，他的声音是温柔的，他的皮肤是有热度的……夏媛宸狠狠地闭紧眼，掐了掐自己的手心，不允许自己再想下去。

季子山在病房的小客厅里似乎坐了一会儿了，手边有一杯喝了一半的茶。

夏媛宸再次看到他时已经平静了很多，却再也恢复不了小时候的亲近，她走到他对面的单人沙发里坐下，双手平放在膝上，问：“您找我还有什么事吗？我以为我们早就没什么好谈的了。”

"媛媛，我毕竟是你的爸爸，你一定要用这种态度来跟我说话吗？"季子山微微倾身向前，一脸无奈。

夏媛宸垂下眼，轻轻扯了扯嘴角。

"好吧。"季子山叹了口气，坐直身体，一条腿搭到另一条腿上，隐隐又恢复了一方财阀的气度，"如果你不愿再接受爸爸的感情，那其他的呢？我可以给你别的弥补。"

"钱吗？"夏媛宸抬起头，真真切切地笑了出来，"爸爸，你真的了解你的女儿吗？你认为我在乎钱吗？"

"当然，你不在乎。"季子山一摊手："那感情呢？"

"……感情？"夏媛宸的表情僵了僵。

"对，或者我说得更确切些——李钟敏。"季子山的眼中露出笃定的笑意，那是在生意场上猜中对手底牌时胜券在握的姿态，"他的家世我都调查清楚了，他的父亲是尚国财务委员会第一委员长。当然，说职务你可能不太清楚，我这么讲吧，目前尚国的权力更迭还是以世袭制为主，换言之，李钟敏将会是尚国第三把交椅的热门继承人选。如果他有野心争夺那个位子，那么你的家世，也就是说你的爸爸我，根本就不够看的。不过很幸运，据我所知，他的家庭，尤其是他本人似乎没有继承的意愿。那么假如我愿意帮助你，比如为你在尚国投资一家大规模的医药公司，以成本价研发售卖部分药品，你会很快在尚国高层获得良好口碑，甚至有机会堂堂正正地嫁进李家……"

"不必了。"夏媛宸突然出声打断了他的话，此刻她脸上的表情毫无波澜，这大大出乎季子山的预料。媛媛不是很喜欢李钟敏吗？为什么不开心呢？

"你不相信我会为你投资？"季子山皱眉问，"还是你怕困难，觉得即使有我提供的跳板也不一定能成功被他的家族接受？"

夏媛宸抿紧唇，别过脸，一言不发，那表情是说不出的倔强与压抑。

季子山吐口气决定下点儿猛料："你知道我为什么确定他不想角逐继承人之选吗？你这次被困火场，他竟然在没有得到总理同意的情况下以他父亲的名义强派国家军备越海而来，这是多么大的一件事你明白吗？两国政要要为此开多少会议来探讨后续处理问题，你清楚吗？他为了你在尚国所有领导人心里都留下了冲动鲁莽的印象，你却连为他试一试都不愿意？"

"别说了！"夏媛宸突然站起来厉声喝道，那神态简直能称之为暴怒了，因为情绪过于激动，她紧握的双手甚至都在发抖。

李钟敏从来没有和她说过这些。没有说过他会受到父亲怎样的责难，没有说他回国后可能将要遭到怎样的惩罚，可其实……其实她都已经隐隐猜到了，不是吗？

只是自己的猜想毕竟和亲耳听见不一样，听到爸爸一点儿一点儿剖析，她就好像能亲眼看到李钟敏会因她而吃的苦头……她想到那座孤单的岛，想到他说自己没有朋友，想到他后背藤条造成的伤痕……

可是她能怎么办？她能怎么办啊！

她可以放弃原英焕吗？可以抛掉他自己走掉去追求美好的生活吗？！

一边是一手插兜神情冷漠站在海边的李钟敏，一边是跳跃在篮球场对她指指点点的原英焕，两幅画面在脑海中疯狂地晃动。唯一清晰的，剩下的影像，竟然是原英焕小声的、卑微的，甚至是有些瑟缩地坐在医院花园的长椅上，轻轻问："你还会回来吗？"

你，还会回来吗……

夏媛宸突然痛苦地抬手捂住脸，眼泪一下就流出来了，沙哑的声音裹着酸涩汹涌而出的泪水瞬间席卷了她所有的理智："我不知道！我不知道怎么办了！原英焕没有我不行的……他太可怜了……他真的太可怜了……"

门外，李钟敏的手剧烈地颤了一下。

父女二人的谈话隔着门一直影影绰绰地听不清楚，可是最后，夏媛宸的哭喊却异常清晰，近乎尖利地席卷了他的耳膜。

他从里面听出了一股动摇，一种真真切切的犹豫。

他仿佛看到了夏媛宸流泪的脸庞……

他更想起了原英焕得意的笑容与挑衅的中指……

一股被玩弄、被戏耍的怒火瞬间烧毁了李钟敏所有的理智，那股情绪来得毫无预兆又迅猛猛烈，一时间他简直不知道自己该做什么。他想砸烂眼前这扇门！想冲进去晃醒那个丑丫头，把她脑子里的海水都倒出来！想告诉她那个阴险的杂碎在骗她呢！

他高举着拳狠狠地保持在距离门半米远的地方，胸膛剧烈地起伏着，可半响之后，

他却倏然放下，断然转身离去。

"卑鄙无耻的家伙！挟恩图报是吧？"静谧的花园里，原英焕原本正微眯着眼舒适地靠坐在长廊里晒太阳，完全没想到会突然遭受这种无妄之灾——被李钟敏"砰"的一拳狠狠击打中了脸！

"是个男人就跟我堂堂正正争！玩这种把戏，恶心！"李钟敏一口细白的牙跟刀锋似的简直能反光。

"去你的！"原英焕被他打得差点儿从椅子上翻过去，嘴角瞬间裂了口，头晕目眩几秒钟后才意识到眼前的人是谁，他右手使不上劲儿，腿脚却快，疯了一样起身就想踹李钟敏！

李钟敏眯了眯眼，退后一步，就见原英焕腾空而起，越过椅子直接被踢飞出去！"咣当"一下，狠狠撞上了后面的石柱，然后整个人像破败的娃娃一样摔落下来。

这种战斗力的悬殊在意料之中。要知道原家再怎么有钱毕竟也是商界，李钟敏可是一国政要的长子！从小见惯刀枪，正儿八经跟特种部队学过招式的！别说原英焕如今有一只手不好用，就算他多长出一只手也不会是李钟敏的对手。

"哎呀，你这不是不用拐杖也能走吗？"

原英焕哆嗦着支起胳膊想爬起来，可随即又无力地摔倒在地。

李钟敏瞧着他狼狈的模样，心底的讥诮简直要溢出来："呵呵，还在装可怜啊？不过现在你的观众不在呢。"

原英焕捂着胸口艰难地呼吸着，一时说不出话来。

李钟敏却不解恨，冷冷地盯视他片刻后继续道："死心吧，夏媛宸不过是看你可怜才哄你几天，别以为能骗她一辈子。"

原英焕咳嗽了两声，抬手一摸，手上是真真切切的血。李钟敏那一脚是真狠啊，他一口气几乎没倒上来，脑袋里嗡嗡的，整个身体都麻了，直到现在痛感才回归，后背像要裂开似的……从小到大，他还没被人这么揍过，他觉得自己该很愤怒的，该大吼着扑过去再跟那个不可一世整天用鼻子看人的李钟敏决一死战的，但不知道为什么，他居然莫名其妙地笑了出来，然后笑着笑着眼泪就那么落了下来……

"你当我不想跟你光明正大地争吗？"他抬起头看着李钟敏，那个家伙一手插在兜里，打了半天到现在还是干干净净的，低头一脸冷淡地看着自己，眼神里的藐视与鄙夷根本藏不住。

他知道自己比不上李钟敏，他没有那家伙有心计，没李钟敏沉得住气，没本事从别

Chapter 02 第二章
幸福是镜花水月

的国家调遣部队来救人来灭火！每一次！每一次！每一次在他和夏媛宸闹矛盾的时候，这个家伙就像个怪物一样，上天入地的，不知道从什么地方冒出来充当救世主，把自己对比得像个一无是处的流氓地痞。

只有这一回——这一回！是他抢占了先机……是他先进的火场。

"我争不过你……我争不过你啊！明明是我先认识她的，可我从开始就输了……我死要面子活受罪，我偏就不肯低头，我每次犯傻都把夏媛宸往你那边推得更近！"他趴在地上，撑起上半身，哽咽着，一字一顿，声音越来越大，几乎是噙着血泪在嘶吼，"是！我卑鄙！我无耻！我挟恩图报！但这是我豁出命换来的机会！我唯一的一次机会！我用一只右手才换回的她！你知道大火烧在我身上有多疼吗？你知道刀子切掉我的小指时我有多痛吗？你知道我在火场替她抗下了多少钢筋石板吗？我凭什么要放弃！你告诉我我凭什么要放弃！啊——"

"……"李钟敏张张嘴，却一个字都没说出来。

而原英焕，已大叫着一拳砸到地上，到最后，那吼声已经不似疑问，而像……而像少年在哭泣一样……

医院小楼的花园里，这一方小小的天地，渐渐围了很多人，他们都默不作声地看着，看着那个原本也应该高高在上的原家少爷，这时就跟一个要被抛弃了的小孩儿一样，在地上趴着，匍匐、流泪、嘶喊。

太难看了……真的是，太难看了……

夏媛宸披着一件宽大的白色风衣，手里抱着一条毛毯，安静地站在人群外，脸色有些苍白。深深吸了一口气，才拨开眼前的人，一步一步，慢慢地走过去……

古埃及童话里有一只幼小的猴子，他的肚子被猎人打伤，为了博取周围动物的同情，它每见到一个朋友就会拉开自己的腹腔，让对方看自己的伤口，最后那小猴子就这样活活痛死了。

现在，她直面着他的伤口，旁观人越镇定，她就越痛苦。

她的身体微微发抖，她来到原英焕跟前，缓缓蹲下身，摸着他凌乱的栗子色头发，手冰凉。

原英焕一点点抬起脸，脸上全是泪，右手微微攥着，静静地注视了她好一会儿，才轻轻地带着颤音问："夏媛宸，你只愿意嫁给一个死了的原英焕，对吗？坏了一只手是不够的……那个承诺，只能给死了的我，是吗？"

这样的问句，像是一把尖刀，狠狠插进早就被负疚感压得透不过气来的夏媛宸心头。那一瞬间，她几乎是猛地闭住了眼，有些承受不住。

不只为这些天里她隐秘的侥幸心理,为自己在李钟敏和原英焕之间的摇摆不定,更为了原英焕此刻眼中那近乎必死的决绝。

夏媛宸,你带给他的痛苦还不够吗?

夏媛宸,你还想怎样?

你简直就是个浑蛋……

"不……"她从嗓子里挤出一个字,她不敢去看身后的李钟敏,她深深地吸气又吐出,有如自虐一般,睁眼狠狠地盯着地上垂着的原英焕那握不紧的残缺的右手,此时此地,只有那深重的罪孽感才能带给她力量,"原英焕,我喜欢的是你,从一开始就是你……我的承诺都是真心话,我想永远永远地陪着你……"

整个世界都沉寂了。

李钟敏感觉身上有点儿软,像是一口气忽然没提上来,快站不住了。他往后退了一步,顺势靠到了墙上,盯着那相依相偎靠在一起的两个人,一句话都说不出来。

他怎么也没想到最后的结果会是这样。看着那个单薄瘦弱的少女冷硬的背影,他知道她已经做出决定了,彻彻底底的决定。

这几天夏媛宸的挣扎和辗转反侧他都看在眼里,他知道夏媛宸心里对原英焕有多抱歉,可他其实没有真正担心过,因为他知道,夏媛宸爱他。

她爱他。

只要有这一点就足够了。

但他算错了,他错了。他在这一刻真切地发现,夏媛宸跟别的女生不一样,她有着远高于普通人的道德标准,她心中恪守着一套常人无法理解的古老法则——人以一分待我,我用百倍还之。

他没办法像原英焕那样声嘶力竭地嘶吼:没有夏媛宸就活不下去。他也曾为夏媛宸不顾己身,出生入死,面对大海的滔天巨浪都不肯放手;他还甘冒被家族除名的风险带着飞机越海而来,扑灭维国首都的滔天大火;他甚至都做好了背负背弃家族的耻辱罪名也要留在她的家乡陪她的准备……可是他不会说,他什么都不愿意说,他是李钟敏,他有属于自己的骄傲。

于是他输了,彻彻底底地输给了那个能哭能喊的原英焕。

我爱你,寂寂然然无人知;我爱你,浩浩荡荡在心间。

夏媛宸,再见了。

或许,再也不见。

他转过身,少年长身玉立,笔直的背影就像一根宁折不弯的竹,一步一步远去,没有远远跟随的仆人，没了那顶色彩沉郁、威武肃穆的大轿，但依然高高在上——夏媛宸知道，他在慢慢走出她的世界。

自此以后，不论李钟敏是远远被发配的mirslina岛主，还是回归政治中心的尚国财务委员的长子，都不会这个与她产生任何交集了。

有一瞬间她想抬起手，想抓住他，想抓住幸福光芒的尾巴，可马上就感到手心里别样的分量——那是原英焕的右手，他使不上力的右手。她已经选择了一只手，就没有资格再去够另一只手了……

只是……胸口真的好痛呢……

她仰起头，努力让所有酸涩的带着辛辣的眼泪流进心里。

第三章
后悔，又怎样

夏媛宸陪着原英焕回了病房，一直到他睡着了才敢轻轻将自己的手从他手心里抽出来。然而紧紧闭着眼的原英焕在感到她离开的动作时眉头立时皱了皱，手也下意识张开想要抓住什么，夏媛宸马上将手重新覆盖到他的手背上，低低地说："睡吧，我在。"

那轻微抬起的脖颈这才像失了力似的，缓缓倒回颈枕深处去。但睡梦中的他仿佛再难安稳：

"不……"

"别拿走……"

"还给我……"

之后短短半小时的时间里，夏媛宸不断从他口中听到模糊的呓语，有时头还会无意识地晃动一下，像要甩脱什么。

你在怕什么呢？

你想紧紧抓住什么呢？

是我吗？

可是明明——明明我带给你的只有最深重的痛苦啊。

夏媛宸静静地坐在病床边，脸颊苍白，没有血色，眼底有着浓郁得化不开的悲伤，那一瞬间她看起来简直都不像是个十六七岁的女孩了，反而如同一个被生活中种种无奈和措手不及的重创打击得站不起来了的成年人。

而现实是，她不能被打倒。

夏媛宸深吸一口气站起身，走到病房的洗手间里，拧开水龙头，鞠了一捧水泼到脸上，让冰冷的水花刺激自己的感官。她双手扶住大理石洗手台，抬头看着镜子里的人，水珠不断从那个面容清秀、眼神冷淡的女生的侧脸上流下。这时候的她其实隐隐与另一个人的影像有些重叠了。

夏媛宸忍不住想到了久远的从前：旭日初升，李钟敏眉峰清俊、眼神冷凝地站在甲板上，面朝着表面风平浪静，实则暗潮汹涌的大海，说："我会救下那对父子。"

多奇怪，分开后她却越来越像他。

夏媛宸扯扯嘴角，似乎是想笑一笑的，可那笑容并未到达眼底，她倏然关闭了水龙头，一甩马尾大步转身离去。

"你给我的承诺还算数吗？"她站在走廊尽头拿出手机，拨出了一个熟悉得不能再熟的电话。

那头的人接到她的电话似乎并不意外，啪的一声，是按响了打火机的声音，然后才传出了带着笑意的回答："当然，你忘了吗？我说过的，爸爸爱你。"

Chapter 03
后悔，又怎样
第三章

"哦，很好。"她有些嘲讽地笑笑，却像并不在意那句爱她的话，只是说，"我决定接受您的帮助了，您预备什么时候召开记者发布会宣布要转让给我部分股权的事？"

"你要总部的股份？"季子山沉默了一下，再响起的声音有些模糊，"我以为你会要尚国的医药公司。"

对面没有回答，只有轻微的呼吸声和电话电流里细微的沙沙声。

季子山叹了口气："你选择了原英焕吗？"

"对您而言有区别吗？"夏媛宸的声音极为冷清，"只要我接受了您的好意并且能知恩图报地为您找回妈妈，这对你而言就足够了吧？"

"当然——虽然话是这么说，"季子山的停顿了片刻，"但我还是希望你能幸福的，毕竟我是你的爸爸。"

"是吗？谢谢爸爸。"平静到近乎冷清地道谢。

"一个小时后我会叫公关部发出通稿，最迟明天早上你可以在报纸和电视上看到新闻。"季子山似乎也终于放弃了那些温情的试探，语气平淡而疲惫，"但愿你不会后悔自己的选择。"

"我不会，再见。"夏媛宸平静地挂断了电话。

后悔吗？

有什么可后悔的。

她只是抛弃了爱情，她的父亲和母亲倒是因为真爱在一起的，可结局也并不见得好。

她相信自己选择了一条正确的路。

李钟敏没了她，还可以有很美好的未来，他有着严谨周密的思维，强悍富有威慑力的身手，有着几近完美的外表，只要他想，他就能有不错的前途，有最美丽最温柔的姑娘，他将拥有一切……

而原英焕，如果没了她，就真的完了。夏媛宸想到躺在病床上有些瘦削的少年，他残缺的右手，他脸上被打得新伤叠加着旧伤，想到他通红着眼说：父亲可能会另立继承人，夏媛宸，我完了。他飞扬的神采不再有，他日渐卑微、怯懦的眉眼却越来越清晰。

原英焕，如果我的生命是要用你的毁灭来换取，那我的余生简直不可救赎。

所以，你别怕，你的健康，你的自信，你的权力，你的财富，我都将尽我所能，一一为你找回。

她长长地吐出一口气，闭了闭眼，再张开眸子时走廊尽头却闪出了一个有些熟悉的人影，伴着嗒嗒嗒的清脆的高跟鞋声，那个高挑的女生越走越近，终于走出了那片阴影

来到了明媚的阳光下。

是纪秀芝。

她捧着一束新鲜的百合花，似乎是来探病的，但在看到夏媛宸后，脚步就生生转了方向。她一步一步，表情沉郁晦涩地来到了自己面前。

她穿着一件浅粉色的风衣，白色的打底裙，微卷的头发用一个精巧的满是碎钻的小皇冠形卡子别着，配着金色的华丽高跟鞋和姣好的面容，完美得就像童话里走出的公主。当然，如果公主脸上的表情不要那么难看，声音不要那么愤怒就更好了。

"我真奇怪，为什么总有男生前仆后继、不顾一切地去为你们奉献，你们除了做出那副无辜可怜的模样外，就不能稍微干点儿有用的事情吗？！"

夏媛宸久久地沉默着，她在对方的眼眸中看到了自己的样子——穿着有些宽松的病号服，外面披着一件样子很普通的白色风衣，嘴唇发干、缺乏血色，与妆容妥帖、明眸皓齿、踩着高跟鞋足高出她一头的纪秀芝形成了如此强烈而鲜明的对比。

真奇怪，为什么小时候总有人会拿她们两个相提并论呢？明明就是养在欧洲豪华农场的艳丽玫瑰和街道边石头缝里随便生长出的牵牛花的巨大差别啊。

夏媛宸想着想着，居然忍不住低声笑了出来。紧接着感觉有些冷，干脆把双手交叉插进松松垮垮的病号服袖子里，缩着肩，这样一来看着就更像个邋遢的乡下小妹了。

纪秀芝瞧着她那样却越发愤怒，她一下抬起贴着精致甲片的白皙手指，指着夏媛宸的鼻子吼道："我在跟你说话！笑什么啊你！"

夏媛宸收了笑，面容平静地盯视了那距离她鼻子不到两厘米的手指片刻，然后缓缓抬起眼眸说："没什么。"她顿了顿，"如你所愿，我将尽力做我能所做的一切。"然后，绕过她，微微塌着腰，慢慢朝走廊尽头走去。

身后，很快传来纪秀芝气急败坏的跺脚声和骂声，叫人忍不住有些担心她那双脆弱、完美只适合摆放在商场奢侈品橱窗里的高跟鞋会不会因过于用力而踏断了。

其实夏媛宸挺羡慕她的，当一朵美丽的玫瑰多好，不论开心或愤慨，都能怒放着张扬着向所有人诉说。而路边的牵牛花呢？它放弃了多少，又能去和谁说？

次日清晨，原氏集团秘书部。

"董事长，您有访客到。"

"哦，是谁？"

"那位小姐说她叫夏媛宸。"

原韦德沉默了一下后，说："让她进来。"

Chapter 03
后悔，又怎样
第三章

沉重华贵的胡桃实木门被秘书推开，后面，夏媛宸缓步迈进来。今天她穿了身浅紫色包身连衣裙，握着miumiu（缪缪）的新一季墨绿色小羊皮手包，食指上的祖母绿戒指晶莹剔透，彬彬有礼地朝原韦德微微颔首。她今天是来打仗的，而在五光十色的金钱圈里，这一身就是她的战袍。

原韦德打量了下她与往日全然不同的装束，眼里不禁闪过一丝兴味："夏小姐。"

"原叔叔不用这么见外吧？"

"好吧，世侄女。"原韦德站起身，高大的身形如一只懒洋洋在休憩的老虎甩了甩自己的毛，而现在这只老虎开始捕猎了。他走到宽敞的大办公室东南角，这里有个相对休闲的吧台和对坐的沙发，伸手示意道，"过来坐。"

夏媛宸过去坐下，秘书为两个人倒上咖啡后无声地退了出去。

她执起杯子轻轻抿了一口后放下，两手交叠搭在自己腿上，美好的姿态就像一个上流社会的淑女一样："原叔叔，很抱歉今天冒昧来找您，我是为原氏集团下一任继承人的事情来的。"

"哦？"原韦德挑眉，大概觉得十分有趣，"为了我原家的……继承事务？"

略微拖长的问句不可避免地会听出些讽刺的味道，而夏媛宸的脸色却分毫未变，甚至语气愈发诚恳："对，我听说您有意更改原氏的继承人人选，为什么呢？原英焕一直被各大家族广为认可，与年轻的下一代们关系也很好，如果您现在因为他受了一点儿小伤就轻易放弃他，恐怕得不偿失。"

"我要另择继承人？"这几个字仿佛在舌尖咀嚼了一遍，原韦德的眼神幽深，不知在想什么，片刻之后，才扬起一侧的唇淡笑了下，身体靠向靠背，居高临下问："好吧，我是要另选继承人，不过这与世侄女你有什么关系呢？你是以季家代表的身份来向我提商业谏言的，还是以英焕朋友的身份来替他求情的？"

夏媛宸微扬着头，微微一笑，吐字清晰："我是以原英焕未婚妻的身份而来，站在未来家人的角度向叔叔您建议。"

原韦德的眸子倏然缩紧化作一道如有实质的厉芒，那眼光锋利得简直能割裂人的皮肉，夏媛宸不由得颤了一下，想往后瑟缩，下一瞬却咬紧唇努力挺直僵硬的脊背。

她不能退，她无路可退，她的身后就是原英焕啊。

静默，静默，几乎要压死人的静默。

原韦德突然爽朗地笑了："哈哈哈！年轻人，你是要告诉我，你愿意以你季家的江山为嫁妆，换取英焕继承者身份的稳固吗？"

明明冷气充足的房间，夏媛宸竟感觉后背有些湿了，她感到自己的心跳得有些快，

可是脸上露出的却是最温婉、最无懈可击的笑容:"当然不,我相信原叔叔您也不想要这样的结果,毕竟对于目前的政府来说,南北经济各掌一方才是最稳定的。不过您难道不想要将自己的经济势力渗透到北方来吗?"

"说说看。"他从黑色金属盒里抽出一支烟,并不点燃,而是在手里慢条斯理地把玩着。

"您可以在目前北方季家所投资的商业综合体中任选两座,我将代表季家对原氏做所有权的转让,包括但并不限于地皮、冠名权、楼宇使用改造权等。您看如何?"

原韦德眯了眯眼看向她,笑容浅了些,无声地观察和打量。

夏媛宸努力保持着嘴角扬起的淡定姿态,但仔细看却能看出她的脸部肌肉都因过分紧张而在轻轻抖动。

终于,原韦德开口:"你能做主?"

"对。"夏媛宸紧绷的那口气一下就落了一半,好像这才找回了有些僵化的身体的使用权,迅速道,"在我结束高三学业之后,我将以季家继承人的身份正式进入季氏的董事会,届时不仅会有我说的两座商业体,我还将会用我手中的股权实行一系列对贵公司的利好政策,当然,在这方面我也希望原氏可以投桃报李,毕竟深度推进南北双方的商业合作,对于双方来说都是一件好事,不是吗?"

原韦德点点头,脸上露出笑容,侧头拿起桌上的咖啡,尝了一下,这时的味道才刚刚好,他说:"非常不错的提议,我会考虑。"

"谢谢原叔叔,希望未来作为一家人的我们可以好好相处。"夏媛宸竭力平稳地将一口气缓缓吐出,扶了下靠背站起身,对原韦德微微鞠躬,转身离去。

而原韦德端坐在沙发椅间,目光深沉地看着她一步步出门,手夹着一直未点燃的香烟一下下敲击着皮椅扶手,突然停住动作,侧头在座机上按出了几个键。

"嘟——嘟——嘟——"

"喂,父亲你找我?"电话接通了。

原韦德并没有看话机,面朝前,声音淡淡地说:"是你告诉夏媛宸,我因为你缺了根手指所以要更换继承人。"

"……"那边沉默着,一言不发。

"呵。"原韦德忍不住笑了下,拿起香烟到嘴边点燃了,随着一束小火苗亮起,一股苦艾酒的微醺味道慢慢弥漫开,在一片朦胧的烟雾中,那个坐拥整个原氏商业帝国的男人神情显得晦涩不明,他轻轻点了点烟灰,问:"儿子啊,你一意孤行地向夏媛宸求婚,为了个女人疯狂地砍了自个儿的手指,将我原家的脸面踩在了脚底下,这一出出的

Chapter 03
后悔，又怎样
第三章

比连续剧都热闹——其实我很好奇，你就不怕惹恼了我，我真废了你？"

"……"那边依旧没有回答，但却能听到骤然紧促起来的呼吸声。

"你怕吗？"

"我……"原英焕的嗓音沙哑干涩，只说了一个字就像是被什么堵住了一样，伴着听筒里沙沙的电流声，待了片刻，才重新听到他清清嗓子说，"我怕。"

"哦，懂得怕就好。"原韦德点点头，"不过真遗憾——"他微妙地停顿下来。

气氛仿佛一瞬间就紧张了起来！短短数秒的静默似是电影里被无限拉长的慢镜头，连空气都在这可怕的低气压里凝固了。原韦德却似乎很享受，一边抽着烟一边饶有兴趣地想着，如果这是在千年之前，太子目前最好的自保方式就是起兵造反吧？

"父亲，你……"原英焕的声音几乎变了调，隐隐听出了颤抖。

原韦德手持话筒盯着对面墙上那幅巨大的地图，那是他的商业王国，他用三十年的时间一点点扩张到如今的样子。他随手丢了烟，将烟头踩熄在地毯里，声音听起来寡淡而平静，"不过真遗憾，我今年已经五十二岁了，否则我真想从头培养一个成器的继承者。"说完，他面容冷漠地挂断电话。

原英焕僵硬地拿着听筒，听着那边嘟嘟嘟的忙音传来，好半晌，才慢慢放下胳膊，后背不知何时都被冷汗浸湿了。

他知道，这是父亲一次切切实实的警告。

但他的表现还是比自己之前预计得要好很多。

为什么？为什么没有更严厉的责骂呢？

原英焕在一个小时后的网络新闻上发现了答案。

巨大而耸动的标题以瘟疫般的传播速度迅速占据了各大门户网站的头版头条——亿万嫁女，季氏为何愿出两座超级商厦为女儿添妆。

原英焕握着鼠标的手剧烈地哆嗦着，甚至无法掌握页面的上下滑动，泪水全浸在眼睛里，让他看不清楚底下写的那些说明了什么。

他狠狠地揉眼睛，揉得眼睛通红，揉得脸都痛了也不停手。从来没有那么难过，从来没有那么痛恨自己的卑劣……

夏媛宸为了他去向那个曾经想推她入火场，推她去死的家族低头，她不知道付出了多大代价才给自己父亲换来了两座超级商厦。

原来这就是她肯留下的原因，这就是她放弃爱情的真正原因，她怕自己受欺负啊……她想榨干自己身上最后一点儿价值，来维护他的地位。可如果，所有的一切，连最初的源头都是谎言与欺骗呢？

原英焕低头看着自己的右手,突然感到一股由衷的恐惧,像是风吹过带着伤口的胸口,凉得惊人。

夏媛宸,我一定会对你好,比李钟敏好千倍万倍。我希望能瞒你一生一世,但更希望能在五十年、八十年之后,我们都老态龙钟、白发苍苍的时候,我可以拉着你蹒跚着走到花园里的葡萄树下,握住你满是干皮、皱皱巴巴的手,口齿不清地说:"老太婆啊,我想告诉你一个秘密。当年你要跟李钟敏走的时候,其实我骗你了啊,我是自己要截掉那根手指头的。"

你坐在木头椅上,脸上满是皱纹甚至还有斑点,但眼神依旧可爱得像当年那个十八岁的姑娘,迷茫地思考了好久,才恍然大悟似的说:"嗨!你说那个李钟敏啊,都是上辈子的事情啦!"然后毫不在意地打了下我那只有四个手指的右手说:"糟老头子,这么点儿事还记这么多年!快回屋,孩子们等我们吃饭了。"

我看着你背着手慢慢往屋里走,忍不住喊道:"夏媛宸!这么多年了,你依然是我心中最美丽的姑娘!"

你回过头,穿着水蓝色丝绸衫,手戴着翠绿的玉镯子,满头银丝温和地笑。

而我,那个糟老头子,热泪盈眶。

……

我想实现梦中的情景,我会不惜一切代价。

那是一场轰动帝都的告白。晚上六点整,在真正的晚高峰时刻,成千上万的巨型热气球挂着彩带飘扬在以第一医院为中心的整个城区上空。

落日的余晖为这些色彩斑斓的气球蒙上一层耀眼的色彩,无数从商务中心区里夹着公文包匆匆出门的白领精英们都不约而同地停在了公司大厦门口,以手遮目,眯着眼惊异地朝天空看去。

夏媛宸,我爱你。

夏媛宸,谢谢你。

遇见你,是我今生最大的运气。

多少人在看到第三条横幅时感动不已,而同一时刻,李钟敏一身白衣独立在花园的银杏树下,面容如白玉雕刻般清寂生冷,看不出任何情绪。

这一场战争已分胜负,那些可笑的条幅就是对他最大的讽刺,而他还迟迟滞留在这里做什么呢?还在期盼有什么改变吗?

或是……卑微地期盼在医院的走廊里、餐厅里,某个拐角处与她有一次流光碎羽般

的慌乱重逢?

不。

不要。

那真的太难看了。

李钟敏,别把自己陷进那么可悲的境地。

他闭了闭眼,努力将眼中的濡湿忍住,掏出手机,拨打了一个号码:"麦克,准备回国。"

而在不远的地方,一个身穿浅绿色长裙披着头发的女孩怯怯地站在墙角的阴影下,两手在身前绞了又绞,终于鼓起勇气走了出来。

居然是付婉婉。

她脱下那身护士制服,洗干净脸上职业化的淡妆,放下盘起的长发,清透净白的苹果肌上还透着些许稚嫩,完全就是高中生的模样。

"李钟敏,如果你不能和夏媛宸在一起了,那……那你可以考虑一下我吗?"她走到距离他五步远的地方停下,深吸一口气大声道。话说出口的时候她两手都在颤抖,她知道眼前这个男孩有多冷漠、多绝情,她怕自己晚一刻就会瑟缩逃跑。

李钟敏慢慢地转回头来,逆光下,他的眼神显得晦涩不明,唯有一张冰冷如T台上国际模特般的脸庞隐隐泛出凉玉的色泽。

"你说什么?"

付婉婉觉得自己的胃都要紧张得疼挛了,根本无法思考,凭着一口气一股脑儿地喊:"求求你,考虑我一下好吗!我不比夏媛宸差的,我根本不是什么护士,我是这家医院院长的女儿。我从头一次在医院碰到你就喜欢上你了!我一直在努力地接近你,你知道吗?"

她专注地望着少年,泪水不知何时溢满眼眶,慢慢地往前走:"我想当你的女朋友。我可以把你讨厌的人都赶走,我让爸爸今晚就送走那个原英焕,好不好?还有夏媛宸……他们伤害了你,可你还有我啊……"终于,她伸手握住他的胳膊。

李钟敏缓缓抬起左手,平直地举在她眼前,那是一个不想再继续听下去的姿势,盯着她问:"院长的女儿?"

"是的……"

"你想当我的女朋友?"

"是……"

"哈哈哈——"他突然笑了起来,狠狠地抽出自己被她抓着的右手,只觉得眼前的

这一切滑稽透了！恶心透了！他怎么会沦落到这样的地步，什么阿猫阿狗都能来和他表白了。

他倏然后退一步与她拉开距离，猛地眯紧眼："原来你是来毛遂自荐的？可惜啊，在我们国家你连站到我面前说话的资格都没有！滚——"最后一个字尖厉得几乎变了调。

付婉婉刚才被他猝不及防的动作拉扯得险些跟跄，左脚扭了下才勉强站稳，此时望着他的眼神且惊且惧，一时怔在了那里。

而李钟敏已然大步离去。

豪华依旧的克里斯瑞奥酒店，透过巨大的玻璃旋转门，能看到黑白三角钢琴静静地落在蜂蜜色大理石地砖上，优美的乐曲与白百合的芬芳营造出一片柔和温润的氛围，但这种暖意完全温暖不了餐桌边的少年。

他是一个人来的，外面似乎下了点儿小雨，他的头发有些湿，就这么衣着简单甚至狼狈地占据了整个大堂最好的位置。偶尔有路过的客人远远投去奇怪的目光，也分毫都影响不了他，他活在自己的世界里。

餐厅经理认识他，知道这是一位得罪不起的外国贵宾。这位俄罗斯经理带着热情的笑容走上前，用流利的英语问："请问您需要到客房吹干一下吗？我们也可以为您准备换洗的衣物。"

意料之中的，李钟敏没有回答他，甚至连眼神都是凝固的。

默斯塔顶着一头白色卷曲的头发笑着摸摸鼻子，也不见尴尬，躬身说："那我为您准备几道本餐厅特色的菜品好吗？"

"不必了……"他突然出声，略微沙哑的声音。

李钟敏抬头淡淡地看了他一眼，"给我几瓶啤酒。"他不太舒服地按按太阳穴，清清嗓子，"再给我一碗方便面。"

"方便面和啤酒是吗？好的，请您稍等。"默斯塔满面笑容地离开。他不会说什么餐厅不提供这类食物的蠢话。尊贵的顾客就是上帝，除了人他们什么都供应。

一碗面很快吃完，他默默喝着啤酒，有点儿醉了，一道浅绿色的身影由远及近。

默斯塔敬业地拦住，用略带俄式口音的中文抱歉地说："小姐，那个位置有人了。"

付婉婉伸手将鬓间的头发顺到耳后，目光眨也不眨地盯着那个清瘦孤傲的人，以低低的英语答道："我们是一起的。"

默斯塔怔了下，看周围黑衣保镖全无反应，随即绅士地弯腰放行。

Chapter 03 后悔，又怎样
第三章

付婉婉轻轻在桌上放下一瓶年份醇厚的红酒，坐下后也不叫服务生，亲自打开，为李钟敏倒上，又为自己倒上，然后咕嘟咕嘟连干了三杯。她的脸迅速红了起来，抬起手背挡在唇边，低着头小口小口喘着气。

"为什么不选我呢？我有什么不好？"哽咽的声音听着有些伤感。

"我就是喜欢上一个人而已，为什么要让我这么难过……"她再次给自己倒满酒。

就在她以为要一直这么自说自话下去的时候，出乎意料地，李钟敏居然动了！在付婉婉震惊的注视下，李钟敏淡漠地扫过她，闭眼喝下了杯中酒，红色的液体在耀眼的金色灯光下泛出宝石般的光……

那应该是她一生中最幸福的时候，她与李钟敏一起坐在一张桌子上，平时看都不看她一眼的少年没有赶她走，还与她分喝了一整瓶的红酒，那气氛实在太过美好，她就这样越喝越多。

灯光下微醺的少女其实是十分迤逦的，可惜对面的少年却似完全没有感觉。当酒瓶空了的时候，他的眼神里似乎出现了一丝迟钝与茫然。

他扶着桌子艰难地站起身，晃了一下，付婉婉下意识过去扶他，却见李钟敏低头凑过来，眯着眼仔细辨认了一下，忽然用力甩开手，嘴里咕哝道："什么……奇怪的东西……"然后，就接着以颤巍巍的姿态朝大堂门口晃去。

只要不是夏媛宸，就统统……统统都是奇怪的东西吗？

这个少年好像不是无情，而是他根本就没有心。

方才的那些微醺都散了，付婉婉红润的脸庞一下变得苍白。

默斯塔冰蓝色的眼珠里透出怜悯："你说你们是一起的，但似乎，不是这样。"

"我们会是一起的。"付婉婉盯着李钟敏的背影看了三秒钟——只是三秒钟，她就深吸一口气，用力拿手背抹了把潮湿的眼睛，倔强地拎起桌上一瓶啤酒放到自己那价值不菲的包包里，踩着高跟鞋小跑着追了过去。

都市五光十色的夜景已初露端倪，美丽的夜灯沿路亮起，一身白衣，面容清冷孤傲的少年脚步不稳地往前走着，在他身后不远处跟着一个穿着美丽连衣裙的少女。这是一对很奇怪的组合，引来路人不时张望，甚至有人用手机偷偷在旁边拍照。

付婉婉无暇去管，她的整个世界都化作了一片虚幻的光，清晰的唯有眼前那个男孩子的背影。

李钟敏……

钟敏……

"滴——"

三岔路口，远处刺眼的灯光带着疯狂的鸣笛瞬间大噪，一声尖锐的刹车声响起，在距离付婉婉的身体不过半米的距离停下。

她吓得跌倒在地，抬头一手捂住眼，挡住刺眼的灯光，满脸惊慌。

豪华跑车上的两个男孩染着五颜六色的乱发，怒骂着直接跳了下来，吼："你不要命了吗？"当看到她的模样时却一愣，露出色眯眯的笑容。

"你们想干什么！李钟敏——"付婉婉怕了，下意识回头想去找李钟敏求救，却见他对身后的动静根本毫无所知一般，径自往前走。

"李钟敏你回来！帮帮我啊！"她的声音里带了哭腔，声音在漆黑的夜里传得很远，很远，可一袭白衣的少年脚步从未有过一丝停顿，就这么越走越远。

付婉婉的整个身体都凉了，那股凉意随着血液、随着心跳一直蹿，冷得都有些麻木。我对你而言，就是这么——这么无所谓吗？

"别喊了，他好像不要你了！"一个男孩放肆地大笑着走过来，"上车吧，哥哥帮你看看摔伤没有呀，还可以去酒吧玩哟……"

"别过来……你别过来……"付婉婉哆嗦的手撑着地无助地后退，手心被粗粝的水泥地磨破了皮，突然她摸到了自己的包，眼神一变有了破釜沉舟的决绝，咻地抽出了那个酒瓶，啪的一声在地上磕碎了，用尖锐的带着玻璃碴子那头挥舞着朝两个男孩喊："滚！都给我滚！否则——否则——"

"否则怎么样啊？"两个流氓少年冷笑，凭这就能打过他们？

下一瞬，付婉婉将尖锐的玻璃瓶对准了自己细白的脖颈。

"喂，你……你要干吗？"他们慌了。

"这里应该有监视器吧。"付婉婉顺着路灯向上看了看，眼里含着泪，将瓶子尖用力往皮肤里刺了一下，一道蜿蜒的鲜血顿时流了下来！

"你们再敢往前一步我就死在这儿！是你们逼死我的！"尖厉的声音终于震住了两个小流氓。

他们对视一眼终于骂骂咧咧地离去。

汽车伴着嗡嗡的声音驶远了，直到看不见了，付婉婉才浑身一软瘫倒在地。她无力地丢掉酒瓶，指尖不稳地摸向脖子上的伤口——

"嘶……"好疼。

她低头看看指尖上的血，忍了忍，最后还是憋不住抱膝哭了起来。呜呜的声音在黑夜里听起来可怜极了。

直到十几分钟后，她的情绪才平复下来，扶着路边黑色的路灯杆吃力地站起身，四

下张望，李钟敏当然早没了人影。

她知道自己该回家了，那个少年根本没有一丁点儿在乎她。但是心底有种酸涩的情绪在蔓延，她还是想他，想见他，想和他在一起。喜欢上一个人，是不是注定就卑微到尘埃里？付婉婉吸吸鼻子，凭着记忆往李钟敏离开的方向一步步艰难地挪过去。

京浦江上，白衣少年安静地伫立在桥边。

夜晚的街道，车水马龙的繁华已飞速退去，这里像是一个被世界遗忘的角落，他的眼神苍茫静寂，如同被冰冻了。

奔腾的江水在脚下拍击着海岸，一声又一声仿佛带他回到了那个天色将明未明的清晨。他与夏媛宸艰难地趴在甲板上生死一线，他们互相抓着对方像是世界上最后能握住的东西，他还记得那个女孩怀着必死的意志哭着对他吼："李钟敏！我拉不上来你，但是你记住，我死也不会放手的！我不放手！"

眼泪忽地一下涌了出来，猛烈得让人措手不及，心像被撕开了一个口子，疼痛来得猝不及防，他猛地捂住脸，颤抖的幅度是那样大，他双手死死地扒在栏杆上，任粗糙的岩石磨破了手指。

夏媛宸，你骗人，你说死也不会放开我的啊……

"你为什么放开了我的手……"

他哆嗦着呢喃，而自然，不会有人回答他。最终李钟敏只是把头抵在冰冷的岩石上，近乎痉挛地哭泣……

自你来前，我的生命从未感受过这样的痛苦；

自你走后，我将永生永世陷入这种痛苦中不得超生。

夏媛宸。

夏媛宸……

有一个短暂的瞬间他像疯了一样，他觉得这里好痛苦，好寂寞，他静静地盯着那漆黑一片的湖面，脑子里一片空白……

"你想干什么！"一声凄厉的嘶喊划破了夜空，付婉婉一只脚踩着鞋子一只脚竟赤裸着就那么扑了过来，两手死死地抱住他的胳膊把他往后拖。她浑身剧烈地抖动着，那抖动幅度之大让人几乎都要怀疑她会把他给推下去也说不定。

"李……李钟敏，你听我说，不是这样的！"付婉婉颤抖着，眼泪不知何时流了满脸，她满心都被恐惧和无助浸泡了，这种恐惧比刚才差点儿被不良少年劫持上车的惧怕要猛烈千万倍。她想开口劝他，她知道自己此刻该劝他，可舌头打结，自己都不知道自己在说什么了。

"你……你不就喜欢夏媛宸吗?你还有机会的,你应该去挽回她的,你懂吗?

"不要死,死了就什么都没有了真的……

"淹死特别可怕,尸体很可怕的,李钟敏,李钟敏你这么好看的人能忍受自己最终以那么悲惨的样子收场吗?"

"我求你——我求你别死行吗!"她突然号啕大哭出声,理智终于完全崩溃,是从未有过的狼狈,她再也说不出完整的能让人听懂的话来,只是死死地拉住他的手。

世界上最大的悲哀,莫过于劝解你爱的人去追逐他心中所爱。李钟敏面容平静地看着她,这好像还是他第一次用正眼认认真真地看眼前的女孩,他很困惑,付婉婉对他到底是什么样的一种感情呢?

就因为这张脸吗?所以产生了如此浓厚的爱意?

他缓缓地、缓缓地长吐出了一口气,将方才积压在心底里的那些绝望、低落、愤懑、无助,全都摒弃,只剩下了由衷的席卷全身的疲惫。

"走吧。"他的声音低沉,轻轻说了这两个字,便转身朝来时的路走去,几步之后却停下,回头看着她。

付婉婉正一边擦眼泪一边去捡高跟鞋,发现李钟敏回头不由得手忙脚乱,红着眼睛急切地将有些疼痛的脚用力往鞋里塞:"对……对不起,我……"

"你慢慢穿。"他难得温和道。

有夜风轻柔拂过。

付婉婉低下头,动作慢了下来,穿好鞋后,仍旧没有抬起脸,就这么一点点走了过来,在距离他两步远的地方站住。

李钟敏沉默地从兜里摸出一块蓝白相间的手帕,而那个女生像是傻了一样,怔怔地盯着他,居然都不知道接。他微微蹙眉,将手帕按到了她脖子还在出血的位置。

"谢……谢谢……"她像是终于反应了过来,磕巴地道谢,手小心地按在手帕上,然后怯怯地瞧着他。

他叹了口气,继续往前走,很快听到身后也响起了嗒嗒嗒的高跟鞋声。

其实在某一瞬间,李钟敏在她身上看到了夏媛宸的影子。一样是掏心挖肺地对自己喜欢的人好,不计得失,不计代价;但她和夏媛宸又不同,夏媛宸永远不甘于走在他后面,她一直坚持要站在他身边,哪怕骂她、赶她都没用。李钟敏不由得又想起她裹着浴巾在温泉池子台上对自己喊:"那些都是下人,不是朋友啊!"想起她说:"我可以当你的朋友。"

现在回忆起来,仿佛是上辈子的事了……

第三章

这段无声的旅程从天黑一直到天亮，当两辆林肯轿车在李钟敏身边停下时，付婉婉吃惊地站住了。

一位身材高大的欧洲人在李钟敏耳边低声说了句什么，她看到李钟敏点点头，走到车子旁边。清晨的阳光洒在他身上，名贵的车子，疲惫而英俊的少年，美得像是一幅画，又神秘得让人不知所措。

她低头看看自己，一身啤酒渍、血渍、灰尘，脸脏兮兮的，狼狈不堪，突然觉得脑子里乱哄哄的，只有一个念头是清晰而明确的——她要被丢下了。

李钟敏在上车前的一瞬间目光短暂地转了过来，她贪婪地望着，那清冷的视线或许停留在她身上了一秒钟，也可能根本没有，全部是她的想象而已。但下一刻，她僵住了，她看到他的嘴唇动了动，汹涌而至的喜悦与幸福几乎要吞没她！

那名金发保镖朝她走了过来，李钟敏说的是："带上她……"

回程的路上，她与李钟敏分乘了两辆车。

付婉婉的神情安静而凝重，当理智回笼，这个从小无忧无虑的少女头一次开始认真思考怎么才能得到自己想要的。

上流社会的婚姻无外乎两种，在基本门当户对的基础上男财女貌或女财男貌。她知道李钟敏不喜欢她，知道这个少年的外表实在太优秀，根本不是她能匹配的。但没关系，她有一位第一医院院长的爸爸，她的父亲和首都很多中层官员都保持着良好的关系。有那些叔叔伯伯保媒，不管李钟敏的家庭是经商的还是做官的，应该都会考虑一二的。

但在经过了昨晚，经过了现在，她看到克里斯皇家酒店的经理对李钟敏怪异的恭敬，她见到了这两辆牌照惊人的加长林肯轿车，她看着这些奇异的外国保镖，她突然害怕了，她怕李钟敏的家世根本在自己的想象之外，她怕自己那个第一医院院长的爸爸根本无法改变什么，她怕在车子停下后一切都结束了，他们今生今世都不会再相见。

"停车。"她慢慢坐直身体，表情紧绷而僵硬。

司机微微侧头，用英语问："有什么事吗，小姐？"

"我说停下！停下！我有事找李钟敏，我要找他！"

一分钟后，她被带到了李钟敏的车上。

她只看了他一眼，眼睛就红了。有些人是命里的劫，就像这个少年只是困惑冷淡地看看她，她便再也放不开手了。

"李钟敏，你能考虑一下我吗？我是真的很喜欢你。"

"我爸爸是院长，他有很多钱的，对，他还有房子，在京郊有别墅，海边也有，这

些都可以给你,我是独生女,这些全部是你的……"眼泪流进嘴里,是咸的,嗓子里酸涩得厉害。

"如果你能让我和你在一起,我以后一定会听你的话,你要我去读书,我就继续去上学,你让我留在家里,我就好好学做饭每天等你回来,我会孝敬你的父母,打点好你的一切,你喜欢我怎样我就怎样……行吗?"讨厌,眼泪为什么越来越多了,快要看不清他了。付婉婉拼命用手抹着,努力瞪大眼睛,但是没有用,根本没有用。她终于放弃了,捂住脸哭了起来。

那个颤颤巍巍的、单薄的身体,看起来是那么可怜。她几乎是卑微地求他看自己一眼,李钟敏毫不怀疑,如果他要求她留在mirslina岛上陪他,这个女孩一定会欣喜若狂、感激涕零。她就像个狂热的失去理智的小粉丝,愿意为了她心中的男神献出一切。这并不是什么正常的感情,但仍然比那些知晓他家世带着物欲来接近他的女生可爱得多。连眼泪都是真的,是热的。

有一瞬间,李钟敏是想抬起手,安抚地去拍拍她的,但是心里已经有了一个人,有了一个名字,沉甸甸的,压得他根本举不起手来。最终,他只是长长地吐了一口气,转头看向窗外。

麦克坐在前面,碧绿的眼睛打量了一下后面的两个人,最终还是对这些年轻孩子的爱恨情仇没有办法,耸耸肩无奈地又转了回去。

车子在半个小时后开回到了第一医院门口。

付婉婉迟疑地下车,然后,惊呆了。

本来属于中心城区的街道四周都拉起了黄色的警戒线,本国警察持枪护卫在四周严禁任何民众接近,军队庄严肃穆地站立在两边,头顶数十架直升机在低空盘桓发出震耳欲聋的轰鸣声。远处,尚国国旗和维国国旗并肩而立,一红一白迎风飘扬。

"敬礼——"整齐划一的衣服摩擦声和跺脚声,现场所有军人都向她的方向肃穆致意!

付婉婉怔怔地站着,一秒钟……两秒钟……她终于慢慢转头,看向李钟敏。而李钟敏没有看她,只是任由保镖为他规整衣衫,而后庄严地向所有人回了一个尚国军礼。之后,在众人的护卫下,缓缓朝直升机走去。

她的身上一阵冷一阵热,她的脑子全乱了,她下意识抓住前面麦克的胳膊,眼里全是绝望,喑哑颤抖的声音简直不像是一个少女发出来的:"告……告诉我,他到底是谁……"

"你都不看新闻吗?"麦克碧绿的眼眸里说不清是怜悯还是什么,"那之前汽车工

厂的大爆炸你总该知道吧？"

付婉婉的手一个激灵松开了，呆呆地望着这一切，无数破碎的逸闻纷至沓来涌入脑海……

"听说是咱们那个友邦想抢最新医药成果，所以绑架了季家的小公子呢……"

"是啊，可惊险了，原家的少爷为了救那个女孩连命都不要了，就那么冲进火场了呢，好像重伤了吧……"

"不过多亏了尚国，你看平时不声不响的，居然会跑过来帮咱们……"

是啊，在那场耸人听闻的新闻里，在夏媛宸和原英焕那场缠绵悱恻的桃色绯闻中，这起事件里最重要的一环，那位率领了百架飞机跨越国境线前来救援的尚国权贵，居然被很多人遗忘了。

——付婉婉知道他是谁了，他是尚国财务长的长子，是那个陌生国度举国财权的第一顺位继承人。

她双膝一软，无力地瘫坐在地。

原来——

没有什么门当户对，她与李钟敏根本是云泥之别！

麦克看她倒地吓了一跳，弯腰便想扶她，眼神却突地定在她包包的一角，那里有一块浅蓝色的手帕。

他的神色有些复杂，慢慢收回手问："这块手帕是他给你的？"

付婉婉木然地点点头。

"收好吧。"麦克沉默了一下，"也许会成为你新人生的入场券。"

付婉婉愣了愣，然后猛地抬起头，而麦克却不再解释，转身大步离去。

这一片喧嚣渐渐散去，沉寂的街道又恢复了热闹。路边，一座精致的港式茶餐厅里，少男少女相对而坐，满桌的精致小食几乎未动一口。

她看着李钟敏独自上了飞机，看着付婉婉被留在了马路上，她的心里说不出是难过还是庆幸。

她觉得自己都快不认识自己了，卑劣得可怕。明明她已经放弃李钟敏了，不是吗？她就不能祝福他吗？

放在桌下的手紧紧攥住，对面的原英焕努力想打破餐厅里的沉寂，强笑道："真是的，他就这么走了，你也没送送，是不是有点儿遗憾？没关系，将来总有机会的……"他用左手将装着小笼包、肠粉、蟹黄饺等的碟子一股脑儿往她边推，劝道，"吃吧，都要凉了。"

"嗯。"夏媛宸强笑了一下,尽力想配合他,拿起了筷子。可就在这时,桌面上嗡的一声,是她的手机在震动。

一条新消息闪了出来。

若你后悔。

来自,李钟敏。

后悔……又怎样?

他没有说。

夏媛宸定定地侧头看着,手有点儿抖,片刻之后,"当啷"一声,银质的筷子掉了下去。

第四章
对不起，我不爱你

11月1日，原家主母生日宴。

无数商界名流飞往清河，而已成为原家下一代儿媳官方代表的夏媛宸自然更不能例外。事实上她提前几天就进入了这座占地辽阔的原鹿庄园，以半个主人的身份帮忙料理事务。

她很尽心，瘦小的女孩穿着一袭华贵的衣裙，努力挺直身体迎来送往，言笑晏晏，只有在偶尔无人注意的时候偷偷在角落里坐下，疲惫地微微喘气。她好像进入了角色，但原英焕知道没有，他知道她根本没有忘记那个男孩。即使隔着遥远的太平洋，她心里依然在记挂他。

时钟指向五，再有一个小时就是晚宴正式开始的时间了，夏媛宸穿着欧洲设计师精心打造的镶嵌满粉色碎钻的小礼服，一动不动地坐在妆凳前出神，耀眼的灯光打下来，让她眼底所有情绪都暴露无疑——一些茫然，一些落寞。

原英焕慢慢走过去，两手握住她的肩膀，当触碰到她的时候感觉女孩的脊背稍稍僵了一下，抬头透过镜子看到是他，挤出一抹笑容，说："你来了啊，怎么一点儿动静都没有。"

他没说话，竭力自然地笑着弯下腰："待会儿我爸妈就要把你正式介绍给大家了，你就是我原英焕的女朋友了，开不开心？"

"嗯……"她笑着发出一个生硬的音调。

他闭上眼，不想看她勉强的表情，轻轻亲吻她光洁的面颊，她被这突如其来的举动吓到了，蹭地一下站起身，动作之大甚至带倒了梳妆台上一堆玻璃的瓶瓶罐罐，那些东西顿时噼里啪啦响成一片。

"少爷！怎么了？"砰的一声，守在门口的保镖破门而入，紧张地询问。

原英焕背对着他们，身体绷得很直，只有夏媛宸能看到这个男孩的眼睛红了，半晌才从牙缝里挤出一句沙哑的话："没事，你们都出去，关上门——"

那咬着牙，一个字一个字的音调，像是要恨不得把她吃了似的。夏媛宸忍不住往后退了一步，但根本无路可退。

"原英焕，抱歉，我——我只是还不习惯。"她努力想要解释。

"夏媛宸，我在你心里就永远也比不上他吗？是不是不管我做什么，你都没办法接受我？既然这样，你当初为什么答应和我在一起，为什么不和他走呢？"

他眼中的痛苦是那么明显，溢出一丝哀伤来。那种情绪太强烈，让夏媛宸几乎忍不住想要伸手去安慰他。真奇怪，他明明高高在上，明明在这座庄园里可以无所不能，明明手握着力量可以对她随意伤害。可当他在咆哮时、怒喝时、质问时，她感到的居然不是胆怯害怕，而是一股浓重的、无法摆脱的负罪和内疚。

她轻轻地抬手，摸上他的耳朵，然后滑到了他的脑后，摸着那块硬邦邦的头骨。听老人说这样的骨头叫反骨，脾气都拧，认死理。就像原英焕，认准了她，居然怎么都不放手了。

"对不起，真的对不起……"她闭上眼，带着有些难以言喻的颤音。

原英焕开始还梗着脖子，慢慢地眼中也浮起了水汽，那些水汽冲淡了眼底的愤怒。高高大大的少年终于委屈地吸着鼻子说："别再想那个奇怪的家伙了，行吗？整天冰着一张跟全世界都欠他一样的脸，有什么好的？我以后一定会照顾你，哄你开心，让你每天都高高兴兴的，好不好？"

夏媛宸沉默许久，终于用力吐出一口气，点点头。

夏媛宸，再努力一点儿，再坚持一下，别让他伤心，你一定可以的……她在心里默默地对自己说。

原家的这场宴会极为奢靡，巨大的水晶吊灯从三楼垂下，将整个大厅照得灯火辉煌，油蜡蜜色的金黄瓷砖熠熠生辉，角落里的黑白钢琴边，有专业乐师正在演奏乐曲，往来穿梭欢声笑语的全是电视上极为眼熟的艺人明星。而那些西装革履，端着酒杯矜持微笑的企业家们更是行业里首屈一指的大鳄。

夏媛宸亦步亦趋地跟在原母身后向那些太太们一一敬酒，应和着说些场面话，十几岁的少女妆容精致地踩着小高跟鞋出现在这里，竟也隐隐有几分世家小太太的风范了。

而那些贵妇们自然也不忘奉上一箩筐的好话，说原母有福气，夏媛宸一看就是个乖巧女孩云云。场面一时热络得很。

原英焕一身白色燕尾服站在迎宾口附近，远远地望着那边，竟有些出神了，嘴角的笑容越来越大。

身边冷不丁冒出一个声音："喂，傻乐什么呢，刚才有人跟你打招呼。"

"啊？"原英焕一个激灵转过头，就见纪秀芝拿着个鸡尾酒杯，抱肩撇嘴盯着自己。

"刚刚……有人叫我吗？"他犹疑地问。

"有也早走了啊！看你发呆发的。"纪秀芝没好气地说，随手将酒杯放到一边，裹紧身上的橘色鸵鸟羽披肩道，"出来聊两句吧。"

他们一前一后走出宴会厅，拐角的位置安静了许多，但又能清楚看到大厅内的景象。纪秀芝见他这时候仍不忘朝里面张望寻找夏媛宸的身影，忍不住嘲讽道："至于

吗，真碰上天仙了啊？那个夏媛宸有这么好吗？"

原英焕依依不舍地收回目光，望着她却翻了个白眼，说："非得是天仙我才能喜欢啊？我就看上夏媛宸了怎么着？"

"看上了——所以就算骗也得骗来？"

原英焕的眼神倏然冷厉凝重，道："你说什么？"

纪秀芝却冷笑一声说："我说什么你心里明白。那位骨科主任和我家有点儿关系，我都知道了——原英焕，我该怎么说呢？追女生追到你这个份上，真是恨不得割肉喂她了，是吗？"

原英焕绷着脸一言不发。

纪秀芝闭眼吐了口气，问："你知道你是押上了多少去赌吗？你的一只手，你老爸对你的信任，你原家的万贯财富！就为了一个夏媛宸，她甚至不喜欢你啊，值得吗？"

原英焕看向宴会厅的方向，他的母亲仿佛鞋子不适，夏媛宸很紧张地扶着她，要她去旁边休息。那是他生命中最重要的两个女人，互相靠在一起，和谐、亲密。那幅画面太温暖，暖得他心都热了。

"值得。"他听到自己说，然后情不自禁地笑了出来。

也许夏媛宸现在心里还没放下，可那又怎样？

就像她自己说的，日子久了，总会习惯的。习惯在漫长的鎏金岁月里，陪在她身边的将是他——原英焕。

"我要进去了。"他回头对纪秀芝笑着道，"你可记得给我保密啊，要是消息走漏了我可不放过你。"他半真半假地威胁了一句。

"怎么？怕她知道跑了啊？痴情小王子。"纪秀芝半垂着眼睑，看不清神色。

"是啊。"原英焕毫不脸红地挺胸道，"你这种霸王花不会懂的。总之，保密，嗯？"他指指她，回身大步离去。

纪秀芝一个人站在原地，沉默地望向他离去的背影，白色的西服勾勒出少年挺拔的身姿，他近乎急切地走向了夏媛宸。

也许……她是不懂，但她知道，在她心底已经开始隐隐羡慕这种不顾一切的爱情。

"请大家静一静。"宴会过半，原韦德一袭银灰色西装步伐沉稳地走上中心台，微笑着敲敲麦克风，待所有媒体和宾客的目光都转过来时，才继续开口道，"非常感谢大家拨冗前来参与我夫人的生日庆，而今天，我其实还有件重要的事情要宣布——"

"咔嚓咔嚓"，镁光灯一时都闪烁起来。

原韦德目光不变，笑容依旧，说："那就是——我南方原家将和北方季家联姻！

Chapter 04
对不起，我不爱你
第四章

两方结秦晋之好，以后会更多更深入地开展各类项目合作，以期推进行业内经济良性发展！"

"啊——"下面响起一片惊呼。

虽然早有准备，但这次可是原家大家长公开认可了这件事啊！原、季两家联姻，也算近十年以来的商界大事件了！就是不知道两家会融合到什么程度了。

原母微笑着拍拍夏媛宸的手，示意她上去，而原英焕也在这时候来到她身边，绅士地朝她伸出臂弯。

夏媛宸盯着他的胳膊三秒钟，终于深吸一口气，挽了上去，跟随这个俊朗的少年一步步走上台。

周围的掌声更热烈了，无数媒体将摄像机对准他们。

"原少爷，听说你和夏小姐并不是受父母之命而是自由恋爱是吗？"

"对啊。"原英焕邪气地扬扬眉，低头看着夏媛宸说，"是我主动追的她，追得很辛苦呢。"

"哈哈哈……"一些善意的笑声响起。

又有记者问："夏小姐，据季氏集团的最新新闻报道说，您可能是未来季家的接班人，您对此有什么话说吗？您会改回本来的姓氏吗？"

"我……"这次，夏媛宸还没来及说话，就被原韦德温和而不容违逆地夺走了发言权。

"季家与原家的未来发展以后都将落在这两个孩子身上，权力越大，责任越大，希望今日在场的各位媒体朋友和世交们都可以与我们共同监督他们，督促他们进步。至于姓氏的问题——"原韦德含笑瞥了下夏媛宸，打趣说，"其实小宸早晚要姓原啊。"

"哦——"这次爆发的声音几乎能把天花板掀翻。

两位继承人归于一家！天啊，以后维国商界还能有第三家姓氏吗？

无数在外响当当的名记者都顾不得矜持了，激动地将话筒伸向夏媛宸：

"夏媛宸小姐是否会在两年半后，也就是你二十岁时就与原少爷完婚呢？！"

"请问夏小姐今天这场生日宴是否会宣布你们订婚的消息？！"

"夏小姐您未来准备要几个孩子？会生下一个继承季氏姓氏的孩子吗？！"

……

那些声音，所有的喊话，一个个问题，犹如从四面八方飞来的箭雨，扎得她头痛，让她无处躲藏。

少女的表情越来越僵硬，仔细看甚至微微有些颤抖，好像下一瞬就要哭出来了。

原来她远没有自己想的那么坚强,她再没有独自去找原韦德用自己终身幸福去换原英焕安好时的勇气。当所有人将最现实的问题——家庭、婚姻、孩子一股脑儿地丢到她面前时,她真的怕了!她想逃跑!

她未来的几十年就要留在原英焕身边了吗?抱着赎罪和弥补的心情,带着对李钟敏的无尽思念,就这么骗自己也骗他一辈子?

她才十七岁,还有漫长的几十年。

身体……突然像被浸泡在寒冰里一样生冷,冷得她想发抖。

"我——"她终于鼓起勇气,艰难地,发出一个沙哑的音调,"我其实还没有考虑结婚的事情,嘶——"捏着她肩膀的原英焕的手骤然紧了,令她忍不住轻轻痛呼一声。

少女却低垂下头,有些颤抖,不敢去看身边人的眼睛,咬牙说完了自己的话:"我们的确在交往,但还没有进一步的考虑。"

气氛一时冷寂下来,随之掀起的是更大的质疑声。

"什么?夏小姐您的意思是不愿嫁进原家吗?"

"请问这是您的意思还是令尊的想法?"

"是不是原、季两家在生意交往中有什么不可调和的矛盾?"

"谢谢大家的关心,今天的采访环节暂时就到这里,现在我们宴会继续。"突如其来的状况让原韦德彻底寒了脸,他一把将夏媛宸扯到后面,对前面的记者媒体道,之后保镖们就一拥而上护着原家人退场了。

书房。

原韦德的脸色极为阴寒可怕,抬眼对垂手站在厅堂中央的原英焕道:"你马上给我和夏媛宸分手,愿意找谁当女朋友都行!呵呵,笑话,我原家是求着她了?"

"父亲,今天只是一场误会,你让我去和夏媛宸谈谈。"

"谈!还有什么可谈的?"原韦德怒气更盛,"噌"地站起身,"你好歹也是我原家的继承人,能不能有点儿出息?就非认准她吗!为她割了一根手指头还不够,是想把命都给她?"

原英焕难堪地别过头,微微蜷缩起右手,一言不发。

原韦德的目光停留在他已残缺的右手上,眼神阴晴不定,过了好一会儿,才终于重重地吐了口气,坐回沙发里道:"算了,如果明天早上夏媛宸愿意公开表示希望早点儿与我们家订婚,今天的事我可以不追究,否则,她和我原家再无关系。"

"父亲!"

"别说了,你出去吧!"这已经是他最大的让步。

第四章

原英焕失魂落魄地离开书房，回到自己所住的二楼，而夏媛宸的客房就在他隔壁。

少年苍白着脸站在门口，手举着，迟迟敲不下去。他此时还穿着厚厚的西服，待在有些闷热的走廊里，额角渐渐有了汗，流下来，红了眼睛。

当夏媛宸把门拉开时，脑海里浮现的第一个念头就是，他大概真的很痛苦。

"你来了啊……进来吧。"她低头把原英焕让进门。

屋里阳台的门敞着，她刚才似乎就坐在外面，米色的窗帘偶尔摇曳晃动，倒映出玻璃门上少年有些恍惚的脸。

她端着两杯咖啡走出去，与他相对而坐，久久地沉默。

最后，还是她先开口："原英焕，要……我们还是算了吧。"

"算了？"原英焕慢慢地将目光转回来，落到她身上，露出古怪而苍凉的笑，简直都不像往日那个没心没肺的大少爷了，他问，"你在耍我吗？夏媛宸。你不是说好要帮我的吗？怎么，又不愿意了？"

"不……"夏媛宸无法正视他这样透着浓重痛意的眼神，近乎狠狠地转过头，说，"原英焕，我知道自己欠了你很多，我也非常珍视我们之间的友情，为了你我愿意付出自己最大的努力。可我骗不了自己，我对你不是爱情，至少现在不是，我看着你没有忐忑没有心动，我们不能在一起的啊！"

"感情是可以培养的！"原英焕突然喊了出来，"夏媛宸！我喜欢你就好了！你只要让我喜欢你就好了啊！"少年的声音激动，嘴唇都在颤抖。他知道自己刚才说的那句话有多卑微，如果让纪秀芝他们听到会笑死他也说不定。可他顾不得了，此时此刻只要夏媛宸愿意留下，他不介意摇尾乞怜，不介意把自己摆在最低的位置。

夏媛宸一时也怔住了，她或许也没想到他会说出这样的话……

她久久地，久久地看着他，最终，像是狠狠心地闭了闭眼，轻声说："但是英焕，我有喜欢的人了啊……"

这好像是她……第一次用这样轻柔的声音叫他英焕，但却是告诉他，她有喜欢的人……

李钟敏，李钟敏，他为什么永远无法摆脱那个魔咒一样的家伙！

原英焕猛地站起身，胸膛剧烈地起伏着，手在发抖，有一瞬间他简直控制不住想掀了面前这张桌子，想砸了所有的东西，想揍那个没心肝的女人一顿！

那股灼热的情绪烧得他脑子发烫，烧得他眼前一片通红，烧得他快要爆炸了！他眼前的视线有些模糊，隐约看到夏媛宸也站了起来，有些不知所措地看着自己。她的样子看起来那么无辜，那么良善……那该死的无辜！该死的良善！

既然不会喜欢他,为什么当初在甲板上要冒着危险救他!强行闯入他的生活!

既然不会喜欢他,为什么在火场里对他那么温柔,给他希望让他心存幻想!

既然怎么都不能接受他,为什么要在他们两个之间选了他!亲手推开了李钟敏!

他真恨这个女孩!恨不得将她丢进海里,恨不得将她揉碎在自己怀里……

"啊!"原英焕突然朝着天空大吼一声,回身一拳狠狠地打上栏杆,金属制的栏杆竟被他捶得猛烈一晃!然后,泪水疯狂涌下。

"对不起……你别这样行吗?"夏媛宸看着他,心里酸涩得厉害,一张嘴就也哭了出来。

她把一切都搞砸了,她知道是她不好。

她愿意对原英焕说几千几万遍对不起!只要他能快乐……

但她不想用自己去弥补了,她真的害怕,真的退缩了……

"所以……你就打算不管我了,是吗?随便我父亲要对我怎么样?"直到过了好久,原英焕的情绪才稍稍平复下来,回过身,居高临下地冲她发问,眼神冰寒冷酷。

"当然不是!"她抬手抹了把眼泪立刻紧张地说道,生怕再刺激到他的情绪,斟酌着缓声说,"英焕……不管以后发生什么事,你都是我非常非常重要的朋友,我就是拼了命也不会让人威胁到你的地位。可是原英焕,在这一点上你会不会多虑了,也许……也许原伯伯从来没有打过要更换继承人的主意呢?"

"你说什么?"原英焕的眼角仿佛剧烈地跳了一下,声音倒仍是平稳。

"这只是我这段时间的观察。"她皱着眉头小声道,"你看,从你受伤到现在,原伯伯没有跟任何女人传出过什么花边新闻,他没有要推出一个私生子的意思;你母亲和我最近朝夕相对,我看她心情一直不错,好像并不太在意你手指的伤,偶尔说起也是抱怨必须做整形美容;还有原家的近属下人,他们是最接近权力核心的,最懂上意的,他们对你的恭敬从来都没有变过。所以我想,你其实并不需要太担心的,也许原伯伯只是吓唬吓唬你。"

原英焕久久地瞪视着她,一时竟无言以对。这一切本来就是谎言,夏媛宸分析得有理有据,他根本无法反驳。

就这么僵持了一会儿,他突然咬牙撂下一句:"随便你!"然后大步越过她身边,"咣当"一声推开了门。

"喂!"夏媛宸转身想追,高大的身影却突然停下,背对她,从嗓子里挤出一句充满讽刺自嘲的话:"你真当我稀罕这个继承人。"然后断然离去。

夏媛宸张张嘴,还没来得及问清他话里的意思,少年早就甩上房门走了。

第四章

之后，一屋子锦绣华贵的实木雕刻装饰，柔软无声的米色澳大利亚小羊毛地毯，就这么全都——全都陷进一片静寂里。

次日清早，夏媛宸离开了原家，原英焕没有来送她，管家先生倒还是顾全礼仪给她派了车子。

回到她清河自己的家时，望着全都罩着防尘布的家具，她不由得疲惫地揉了揉眼睛。

电话铃声突然响起，她走到电话椅旁一手拿起电话，一手将布罩扯下。

"喂，你好，这里是夏公馆。"

"夏公馆。"电话那边似乎是冷笑了一声，然后又恢复了沉肃的音调，"夏媛宸，我是爸爸。"

"哦。"

季子山似乎被她简短的回答激怒，语气又高了些："'哦'，算什么意思？你就没有什么想对我说的吗？爸爸费尽心思地给你在公司里周旋，你说要两座商业体我就给你两座商业体，你说要股份我就给你股份，我连孝坤怎么想都顾不得了！就为了成全你所谓的感情！可到头来呢？你做了什么？你不会想跟我说，你又不喜欢原英焕了，不准备和他在一起了吧？"

"正如您所说……"夏媛宸握着电话的手稳稳的，表情很平静，甚至连睫毛都没有颤一下，"但我还是有一点要纠正，我不是又不喜欢他了，是从来都没有喜欢过他。"

"你！你——"季子山仿佛气急了，口不择言道，"你真当公司姓季，我就可以为所欲为了吗？爸爸上面也是有董事会的！你到底想怎么样，今天必须给我说明白了！"

夏媛宸坐下来，手扶了一下额头，像是累极了，声调也低了："我希望您继续履行当初的诺言，把答应送给原家的东西给他们，但我不会嫁给原英焕了。"

季子山似乎倒抽了一口气，沉寂片刻后，语气变得冷凝，说："女儿，你知道自己在说什么吗？"

"我知道——我知道这对季氏公司来说是极大的利益损害，作为交换，我可以放弃我未来的一切，对季氏以及对您的财产继承权。您就当只是给了我那两座商业体，而我又送给了原英焕，行吗？"

"你只要两座商业体？你应得的远远不止这些。"

"我不需要……"像是迟疑了一下，最终叹了口气，"或者说，我也不该要了。"

她的话，透出一些隐秘的引申意。在商场沉浮数十载见惯各种话外音的季子山几乎

是第一时间就敏感地觉察到了不对。

"你母亲呢?你联系过她了吗?"他冷不丁问。

"……"沉默。

季子山的声音骤然锐利起来:"夏媛宸!我在问你!"

"没有。抱歉,父亲。"她第一次,对他用上了疏远的敬称。

"为什么……"季子山像是在强行压抑着自己的愤怒,"我对你还不够好吗?媛媛?是,小时候我可能亏欠了你,可我这些年一直在努力弥补你了,还有以后!我甚至可以当你一个人的爸爸!"

"不是我……爸爸。"夏媛宸轻轻打断了他的话,说,"这段时间我得到了太多,也失去了太多。我自己情非得已过,也在尝试理解您当初的情非得已。你说的对,除了小时候的事之外,您没有别的地方对不起我了,所以我今天这么做并不是因为恨您或者报复您,而只是单纯觉得,这或许才是最好的结果。"

"我的妻子,你的母亲,跟着纪维钦去了新西兰!这算什么最好的结果!"电话那边传来一声巨响,像是他再也忍不住摔碎了什么东西。

"对,她是我的妈妈。"夏媛宸叹息,"也是您曾经的妻子,可她在我们身边都不快乐啊。这段时间我时常登录她的个人主页,我看到她这一个月在社交网上发的照片比过去三年还要多。她不再喜欢喝酒了,不再喜欢那些昂贵的衣服首饰了,她开始学着自己榨果汁、喂羊、给动物剪毛,她过得很开心很轻松,是我……"

"啪"的一声,电话被挂断了,紧接着,是嘟嘟嘟的忙音。

夏媛宸顿了顿,才对着那边已经没有人的电话机继续道:"是我——向往的,那种待在喜欢的人身边的开心和幸福。"

然后,她轻轻地,轻轻地放下了电话。

她知道,母亲在经过了那么多年以后,终于重新有了喜欢的人。

她也知道,自己在经过了这么久的努力之后,她喜欢的依旧还是那片辽阔的海岸线,以及海岸线边,椰子树下,孤独而沉默的少年。

食堂一楼,夏媛宸穿着黑色T恤,围着红色围裙,一边清理着脏污的桌子,一边目不转睛地盯着斜前方那桌看。那里背对着她坐着两个年轻的女生。

前方突然被一片阴影挡住,夏媛宸愣了下,视线顺着高大的身体往上看,入目的是原英焕沉默的面庞,他头发趴趴的,精神也不太好,好像起床后匆匆赶来的。

她挤出一丝笑,打招呼道:"嗨。"

第四章

"嗨你个头啊。"原英焕重重地吐了一口气,一拍桌子坐下,脚直接踩在旁边的凳子上,一副憋火的样子问:"季家要对之前商量好的很多合同反悔,你知道吗?"

夏媛宸握着抹布直起身,往他后侧看了一眼,然后才慢慢点头道:"嗯……不过你放心,那两座商业体的赠送依旧有效。"

"你!你当我是来跟你要钱的啊?"原英焕气不打一处来,怒道,"你家到底想干什么?你们如果要收回那俩商业体我还能理解,但院线合作为什么要反悔?这明明是双赢的啊!"

夏媛宸沉默了一下,捏着抹布的手紧了紧,说:"我爸爸……大概是不想再和原家有任何关系了。"

现场是令人压抑的安静。

原英焕冷冷地盯着她,问:"夏媛宸你知道自己在说什么吗?"

她转过头,一言不发。

"你是要彻底跟我撇清关系了是吗?这其实是你的意思,是吗?"原英焕额头青筋直跳,再也控制不住地喊了起来,"你打定主意要跟我分手了吗,夏媛宸!"

这一声低沉暴戾的怒喝简直震耳欲聋,食堂内只要不聋的都听到了,在他侧后方的两个年轻女生一下转过身来,激动地捂住胸口说:"哇,是原太子!原……原太子你好啊……"

"我不好!"原英焕回头吼了一声,又转过头瞪夏媛宸,但这时他才发现到有些不对劲,夏媛宸的目光好像一直在往那两个女生那边瞟,她不是在逃避自己的注视,而是似乎确实认真地在看什么。

他在发脾气,而她在走神?!

"我在跟你说话你听到没有!"他烦躁地回头想把那两个看热闹的碍事丫头赶走,目光却倏然顿住,停留在……桌上的iPad(平板电脑)上。

iPad里正在播放着尚国的一档娱乐节目——《少年将预备役》。

"哦,天啊,怎么办!我以为公子哥个个都是弱不禁风的,但钟敏先生真的好强啊!"

"对啊对啊,如果以钟敏先生的资质去参军入伍的话,恐怕直接就可以上前线了吧?"

"当然了!你没听钟敏说他从小受的就是实战训练吗?可是如果他真的上战场受了伤怎么办?我会心疼的,嘤嘤嘤……"

节目里两位主持人一唱一和夸张地说着,而视频里的影像却严肃而沉寂,李钟敏站

在一个六七米高的山坡上,朝后扔了一个手雷,然后头也不回地直接翻身跳了下去!

"砰"的一声,火花四溅,巨大的烟雾膨胀出数十米远。

当烟雾散尽,李钟敏一手持枪一手托靶,面容淡定,而在他身后的三个立式人形靶已全都中弹!各个弹孔都在眉心!

"天啊!这简直是奇迹!他是在跳跃过程中射击的吗?"主持人A直接尖叫了起来。

而主持人B仿佛已经呆住了,绵软的少女音喃喃道:"也可能……也可能他是提前记下了靶子的位置,落地的时候盲打的……"

可无论是哪一种,这个少年都太不可思议了。

而就在这时,屏幕下方闪现出一行字——对于这位新学员李钟敏同学的出色表现,我们尚国的总统表示对于世家子弟充满了新的期待,并且决定于中卫岛单独邀请他会面。

……

节目停止了……

插进了广告……

而食堂里,那死寂一般的可怕气氛并没有散去。

原英焕慢慢转回头来,望着夏媛宸有些精神恍惚还回不过神来的样子,慢慢地,慢慢地身体开始发抖了。

他的眼睛很红,拼命地吸了一口气,他怕自己一开口就会哭出来,当着这么多人的面,真的太丢人了。

"夏媛宸啊,我是做错了什么吗?"他轻轻地问,"你为什么,要这样将我的尊严踩在脚底下呢?"

他拍了拍自己的胸膛,一下、两下:"我也是个人啊……"然后,他哽咽了,吼出了声,重重地击打上自己的胸膛!

"夏媛宸,我也是个人啊!"

"你到底知不知道!"

他砰的一脚狠狠蹋上桌子,甚至顾不得这样会撞到她,紧接着在自己做出更可怕的事情前疯狂地奔出了食堂。

够了!他真的受够了!

他怕再留在这里真的会做出什么疯狂的事情!

WHITE&BLACK(白与黑)饮吧。

第四章

　　原英焕站在舞池里伴着激烈的音乐疯狂扭动，摇晃的五颜六色的灯光打在他脸上，难以分辨出他的本来面目。

　　"啊！啊！"他放肆地大吼着，眼神有些迷茫了，在一曲停歇时顺手从旁边的桌子上抄起一瓶饮料。

　　"呀，你干什么呢？"那桌的女孩子娇俏地喊了一声，几个同行的男生马上不干了，拍着桌子站起来指着他骂道："小子，这是给你喝的吗？找死，是不是？"

　　"嗝……"原英焕打了个嗝，利用身高优势居高临下地俯视着那三个人，冷笑着有些含糊地说，"我看……我看是你们找死吧……"

　　一个带头的少年好像火了，摔了个瓶子恼道："你嚣张什么？给我揍他！"

　　话音一落，那三个人就要蜂拥而上！

　　"好了！"一声冷厉的女声突然响起，那声音太凌厉、太孤傲，清冷得像木琴，简直不该在这个地方出现。

　　纪秀芝穿着一件薄风衣挡在了原英焕面前，用厌恶的眼神扫过面前的三个混混儿，随手从包里抽出一叠现金扔到桌上道："这些够你们买一屋子的酒了！"然后回头用手里的白色小手包狠狠砸了下原英焕，骂道："你真是出息啊！看看你现在是什么德行！跟我走！"随后踩着高跟鞋，拽住原英焕的衣领就大步往门口的方向走去。

　　等离开里面那个乱糟糟、乌泱泱的环境，她才总算觉得好了些，扔开原英焕，看着他有气无力地靠在墙边，像只被斗败的公鸡一样，一边甩手一边气不打一处来地又骂了几句："我就不该来找你！让你自己掉沟里去就好了！"

　　"没人让你来啊，疯婆子。"原英焕弯腰扶了下膝盖，喘气声音还有点儿飘。

　　"你还想再被我打一顿吗？"纪秀芝精致的眼线简直跟刀子似的，斜挑着就举起了包。

　　"你有病吧！走走走——"原英焕下意识抬手想挡，她那包可是牛皮的！硬得很。

　　"行啊，我走！"纪秀芝放下包转身。但说是这么说，也不能真把他自己丢在这里。她出来找原英焕时没敢声张，所以连司机都没带，这会儿还得打车先把原英焕送回家后她才能走。

　　"你给我站好，别摔了。"她走了几步，忍不住又回头虎着脸对他交代一句，这才站到马路边打车，不料才扬起手就被人抓住了。

　　——头黄毛，是刚才在里面遇到的混混儿之一。

　　"怎么？给的钱不够？！"纪秀芝冷下脸，狠狠地抽回自己的手，嫌恶地甩了下，退后一步。

"钱是够了。"三个混混儿不怀好意地笑笑,慢慢围了上来,说,"但是哥们几个心情还是没平复啊,要不请小姐你再进去,陪我们唱首歌——"

"我唱你个头!"那混混儿的话还没说完,就被原英焕顺手抄起路边的一块广告牌子直接给拍翻了!

原英焕的脸色简直可以用震怒形容了。

那个纪秀芝是讨厌,是嚣张跋扈,是该让人给点儿教训,但能轮得到这些人渣动手动脚吗?好歹是他打小就认识的"仇家",当他原英焕是死的啊!

"你们想玩是吗,本少爷陪你们玩啊!"他怒吼一声直接跟那三个人打成了一团!

"原英焕!你干什么!"纪秀芝尖声叫了起来,想冲过去阻止却根本没办法。

原英焕喝了不少含酒精的饮料,脚步都虚浮了,但对付三个普通混混儿竟然还绰绰有余。左一拳右一脚地很快就打翻了他们几个,可冷不防自己也受到偷袭,被人用砖头拍中了肩膀!

"啊!"纪秀芝捂住嘴,眼泪一下就涌了出来。

原英焕的身体晃了晃,却没有倒下,他慢慢回过头,眼睛里竟然一片血红,弯腰慢慢从地上捡起那块砖,回头看向混混儿,缓缓地,一字字地问:"你要来这个——是吗?"可怕得如地狱修罗。

几个混混儿一步步后退,眼神里都是惊惧,一下全都跑了。

原英焕定定地望着他们跑远不见了,才突然一屁股坐到了地上,重重地喘了几口气后,就这么闭眼躺了下去!

"喂,你怎么样啊!"纪秀芝吓坏了,扑上去拼命晃他的胳膊,眼睛红通通的抽泣不止,喊,"你是不是要死了啊!别死在这儿行不行!"

"……你才要死了。"原英焕的脸色发白,被她晃得只觉得要吐了,掀起眼皮不耐烦地说,"我好累,你让我歇会儿,行不行?"

纪秀芝紧抿着唇瞪了他片刻,终于恨恨地收回手,抹了把脸,绷着表情坐在了他的身边。

夜晚安静的马路上,一家普通的饮吧侧门外,两个身价不菲的继承者裹着一身令人咋舌的名牌,却如芸芸众生中的任何一个普通人一样,毫无形象地在那里发呆,想着各自的烦恼。

少年不识愁滋味,鲜衣怒马且把时光过,一朝识到愁滋味,欲说还休,欲说还休。

很久之后,外面越来越凉了。抱膝坐着的纪秀芝才紧了紧身上的风衣,低头去问旁边的原英焕:"还疼吗?"

Chapter 04 对不起，我不爱你
第四章

"嗯？"原英焕伸出胳膊，看看那道一掌长的伤口，摇了摇，却笑了，说，"疼啊，但是没有心里疼。"

"我看你是心里有病！"纪秀芝忍不住骂道。

原英焕垂下眸，说："嗯，我有病。"

纪秀芝"噌"地一下站起身，眼睛瞪得溜圆，胸膛剧烈起伏着，高举着手里的牛皮包包恼得真想一下砸下去给他个一了百了。可看着他五颜六色的脸，带伤的胳膊和布满全身的萧条疲惫气息，手最终也没法落下去。

"起来了！"她深吸一口气，放下手，用脚踢踢原英焕，"送你回家。"

她吃力地搀起原英焕，在街道上歪歪扭扭地走着，几步之后嫌高跟鞋碍事，干脆踢掉了精美的"水晶鞋"。

皎洁温柔的月光洒下来，将两个人的背影拉得很长——一身落魄、浑身是土的少年和衣着精美却裸着一双白皙的足的少女，彼此搀扶着，就这么摇摇晃晃地走远。

不知何时起了风。

"你干吗非要去喜欢一个注定不会喜欢你的人。"

"什么？"

"没什么。"

模糊的话音全都飘散在了风里。

第五章

原英焕，你这个骗子

原英焕第二天没有来学校，夏媛宸在去隔壁班悄悄看过几次后，终于无奈地回了食堂。毕竟她选择了一条普通人的路，就要继续自己的生活。

但当她换好衣服出来干活的时候，却遇到了一个意想不到的人。

"夏媛宸，好久不见。"宋承慧穿着灰色连衣裙，头发松松地缠成一个花苞的形状，外面罩着与自己一模一样的红色围裙……

的确是，好久不见。

打他们从mirslina岛返航，为避风头，宋承慧请了病假，其实原英焕那里一直麻烦不断，哪里有心情去找她的事？

而自己，就是原英焕身边最大的麻烦。夏媛宸想着，忍不住又叹了口气。

"你也是回来打工的吗？加油啊。"她跟宋承慧之间已经没什么朋友之谊了，应付地说了这句话后，夏媛宸便想转身上二楼。

宋承慧却在后面用让人很不舒服的音调说："我是来打工的，你却不必了吧？哪怕不当大小姐，做演员收入也不错了。"

夏媛宸有点儿恼火，平复了一下情绪才站在台阶上回过头来，问："你想说什么？"

她站在台阶上，宋承慧不得不微微仰着头才能看到她，似乎很久以前她们就是这样的姿态了。她永远，永远在仰视这个曾经她以为和她一样，曾经以为是她的朋友的人。

宋承慧的眼眶有点儿红了，问："夏媛宸，夏大小姐，你真的拿我当过朋友吗？装成一个贫民的模样潜伏在我这种真正的穷人身边感觉很有趣吗？你看着我每次激动地领到那几百块薪水时是不是都在心里发笑？"

"我有什么可笑的？我不也在靠那几百块过日子？"

"你不一样！"她话音未落就被宋承慧咬牙切齿地打断，那怒喊声近乎尖厉，"你那是吃饱了撑的！可我是真的很缺钱啊，我想要上小提琴课，我想要有一件舞蹈服，我想有个条件稍微好一点儿的男朋友。我的梦想都是那么可怜，那么卑微，明明你伸伸手就能帮我的，为什么你从来不肯帮我！你永远就只会在那儿假情假意地安慰、鼓励我！为什么？"

夏媛宸静静地看着下面这个怒气滔天的女生，眼神里却毫无波澜。面对这样"我穷我有理"的强盗思维，她居然连解释都提不起力气了。

其实，宋承慧真的算是她进入清河学院以来最好的朋友了，毕竟顶着贫穷打工女的头衔，也没什么女生愿意与她交往。她们一起复习功课，一起打工，一起在领到薪水后快乐地去吃一顿小火锅。她一直支持宋承慧的梦想，也同情对方家庭负担重，所以常悄悄塞些零钱过去，在自己方便时为她替班，但这些宋承慧都记不得，她只是在听说了自己的身份后，恨恨地跑来兴师问罪。

她有什么资格？

"我有钱，或者没钱，认识条件好的男孩，或者不认识条件好的男孩——这些与你有关系吗？"夏媛宸盯着宋承慧的眼，认真道，"这世上没有任何人有义务帮助你。看在相识一场的分儿上，我最后忠告你，以后还是脚踏实地地生活吧，别再费尽心力往不属于你的圈子里钻，你没有任何依靠，就算勉强进到上流社会也是头破血流被赶出局的下场。"

宋承慧慢慢地冷笑开，说："你不用这么得意。我知道我跟你的家世天差地别，我也不指望你会帮我。你等着瞧吧，我一定会成功的，也许我不如你，但我的孩子将来会和你的孩子一样，能堂堂正正当个人，不再被羞辱蔑视。"

她的劝诫居然是侮辱和蔑视？夏媛宸闭眼吐了口气，一句话都不想跟这个钻进牛角尖的人说了，扭头就要走，身后却再度响起一声急切的呼唤。

"夏媛宸！夏媛宸！我有重要的事要跟你说！"是郑允文的声音。

她回身，就见郑允文正三步并作两步地从食堂门口越级而上。

"喂，你别急，怎么了？有事慢慢说。"夏媛宸马上走下阶梯，过去迎他。

郑允文一脸焦急，跑得额头上都是汗了，手扶着膝盖使劲喘了几口气后才说："我告诉你，我听说了一个秘密！你知道原英焕那只手吗，他其实——"

他的眼神突然顿住，停留到了宋承慧身上，马上全化作了戒备。他跟那个女生不认识，但游轮一行也算见识过了，是个不怀好意、满肚子要飞黄腾达的女生。

"原……原英焕的手怎么了？"夏媛宸真的紧张了，声音甚至都有点儿抖，直接抓住了郑允文的胳膊，问，"他又受伤了吗？他出事了？"

"没，没有，不是的。"郑允文马上拍拍她的手安慰，一边警惕地盯着宋承慧，一边对夏媛宸小声道，"这里可能不太方便，咱们换个地方聊好吗？我无意间听到了一些……嗯，一些他当时受伤的细节。"当着宋承慧的面，他不知道该怎么说，只能这样模糊地解释。

"细节？"夏媛宸呆愣片刻后，抹了把头上冒出来的冷汗，收回手，一只手叉腰恼道，"他受伤都这么久了，我管他当初什么细节？你耍我也不要用这种事好吗？我是真的很担心！"

"不是，我——"郑允文一脸无奈，才要说话，却又被食堂刘婶突然打断。

胖胖的刘婶裹着白色头巾，端着一大盆的碗出来，看到她们便欢喜地招呼："哎！

俩丫头快来帮我忙，我抬不动了！"

"来了！"夏媛宸立刻笑着应声，回头又瞪了郑允文一下，说，"行了，别闹了，我忙去了。"

"喂！我真有重要的事啊！"郑允文一跺脚，说，"你晚上七点总该下班了吧？我七点在篮球场等你，你一定得来啊！"

夏媛宸敷衍地背对着他摆摆手，没说话。

宋承慧则低下头，一边往刘婶那里走，一边抿出一个冷冷的笑容。

七点钟，夏媛宸准时离开食堂，宋承慧早提前走了，她也懒得介意这种小事。

郑允文那个死心眼的小少爷肯定还在操场等呢，夏媛宸站在树下犹豫半天，终归还是不忍心放他鸽子，往操场方向去了。

清河学院的装修绿化都是花了大价钱的，操场也弄得跟花园似的，跑道外围散落着不少木制的圆桌椅，郑允文就坐在那儿，发着呆，还一脸苦大仇深的样子。

夏媛宸看着他的样子都忍不住乐了，下午的憋气也散了，走到他身边无奈地问："喂，我来了，你到底要说什么啊？"

"啊？夏媛宸？"郑允文一下抬起头，努力挤出温和的笑，说，"太好了！你来了。嗯……你先坐，我……我慢慢跟你讲。"

他为她拉过椅子，推推鼻梁上的无框眼镜，紧皱着眉却半天不开口。夏媛宸坐下，丈二和尚摸不着头脑，问："说啊，干吗这么吞吞吐吐的？"

"我——"郑允文顿了顿，像是积聚了一下决心，才终于面容凝重地问了出来，"夏媛宸，当初原英焕截掉手指时是因为那根手指已经坏死了吗？还是说，是他自己要截掉的？"

"我现在其实也没有确凿的证据，但我不小心听到了给他换药的校医聊天，说感觉他周边血管形态都很好，不明白为什么要截肢啊！"

夏媛宸整个人已经完全傻住了，一时间，只觉得自己根本都没听清他在说什么，她耳朵里回荡着自己咚咚的心跳声，外界的声音全都模糊了，就这么过了好半晌，血液才渐渐回流。

"你——你在讲什么？你在怀疑什么？"她的嗓音艰涩干哑，一个字一个字，极缓慢地问出来，仿佛沙砾从土地上磨过一样难听。

郑允文却急了，甚至一下子站了起来！

"夏媛宸，你还不懂吗？你想想，他是谁？他是原英焕啊！那些医生保他还来不及，如果在伤不重的情况下，他们怎么有胆子切除原家继承人的手指？除非……除非是有人要求他们的！"

谁？谁会要求他们？谁有这样的动机？

其实不必再说下去了……

这，已经太明显了。

夏媛宸闭上眼，浑身止不住地在颤抖，只觉得骨头里好凉好凉，下一瞬，眼泪就那么大滴大滴地，近乎疯狂地从眼眶里涌了出来！她觉得太可怕了！觉得这一切太荒谬了！

她无法想象，无法想象这一切都是骗局！

她为了原英焕那根手指，为了他不便行动的右手，亲口拒绝了李钟敏，狠狠伤害了那个她深爱的少年。

她做好了牺牲自己的准备，想要将自己的一生补偿给原英焕，以弥补他在火场里受到的伤痛。

她在下定决心拒婚后背负了最深重、最无可解脱的负疚，她不敢去找李钟敏，她觉得自己已经不配得到幸福了。她既然不能和原英焕在一起，那她也不该和任何人在一起。她是做好了要孤独一辈子的准备的。

而现在，她听到了什么？

这些……这些都是假的，骗人的吗？

原英焕……原英焕……原英焕！

她视他为知己，视他为恩人，视他为至亲！他不是她的爱人却比爱人更加重要！

可原英焕到底拿她当什么？！

"夏媛宸……"身后，响起了少年轻轻的呼唤，刚过变声期的微微喑哑，对她来说太熟悉了。

令她痛恨的熟悉。

夏媛宸缓缓站起身，转过头去，她的面部表情极为平静，只有一双眼睛，像是泪腺坏了似的，不停地不停地涌出泪水。那种感觉几近绝望。

"你……你在骗我？"她的声音是抖的，眼神里带着不可思议，她希望原英焕能告诉他这不是真的，都是郑允文的胡乱揣测。

但是原英焕在短暂地与她对视后，猛地别开了目光，眼眶通红死死地瞪着地面，脖子梗出一道坚硬的死不低头的弧度。

他开口："对不起，如果再给我一次机会的话，我还是只能这么做。"

"你!简直是疯了!"夏媛宸再也控制不住自己,发疯一样一把拿起圆桌上的小装饰瓷瓶,狠狠地朝原英焕的脑袋砸过去。

"啪"的一声脆响,瓷器就在原英焕的额角碎得四分五裂,他竟然躲都没躲!一瞬间鲜血就从头骨处争先恐后地涌了出来。

"……"夏媛宸愣在了原地,手还维持着扔出去的那个姿势,指尖止不住地在哆嗦。

"天啊,英焕!"宋承慧一声哭声响起就要扑上来。

"原少爷……"

"原少……"

后面的两个跟班少年也吓到了,想过来查看。

原英焕背对着他们伸出一只手,沉默而不容违逆地拦下他们。他视线微微低垂着,目光仿佛凝固在地上小小的一块血洼里,片刻之后才扬起脸,一步步走向夏媛宸,问:"出气了吗?没有的话你可以再继续砸,随便砸。但是夏媛宸我告诉你,就是再来十次,一百次!我还是会这么干!我不可能眼睁睁看着你跟那个家伙走的!"他的话音越来越高,最后简直成了发自胸腔深处的怒吼了。

他站到了夏媛宸面前,与她恶狠狠地对视着,像是仇人一样,配着那张还在流血的脸,其实是很可怕的。可是他离她太近了,近到她能清楚地看到他眼底的恐惧和胆怯,近到她能清晰地分辨出他的咬肌因紧张而不断地颤抖。

他是真的害怕啊……

他强撑着镇定,他套上无所谓、理直气壮的无赖盔甲,但仍然不小心就露出了一颗瑟缩的、柔软的、能轻易扎出血来的心脏。

夏媛宸定定地望着他,这一刻她其实有一肚子的狠话想骂他,想让他滚得远远的,这辈子都不要再出现在她面前,想说自己真的真的很讨厌他。

可到了最后,她深吸一口气,嘴唇动了动,不过是挤出了四个字:"婚约作废——"然后扭过头,对郑允文低声说:"我们走。"便大步向前。

"你可以走,他,不行。"原英焕桀骜的面容上缀着一双寒冷如冰峰的眼,阴郁可怕。

夏媛宸回头近乎痛恨地盯着他,问:"你还想干什么?!"

原英焕微微偏过头不看她,侧颜冷硬倔强没有丝毫商量余地,说,"谁让他多管闲事,今天我非打断他一只手不行,让他以后少插手别人的事!"

夏媛宸的胸膛剧烈地起伏着,一时间几乎被他气得说不出话来了!这种——这种强

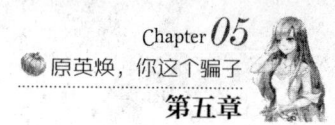

第五章

盗思维,还真符合原少爷的个性呢!

"你当我是死的是吗?"夏媛宸恨极了,三步并作两步奔回到原英焕面前,扬着头怒视着这个足足高出她一头多的少年,咬牙切齿道,"我跟郑允文是一起的!我们一起来一起走!你今天非要打断谁的手的话,就打断我的好了!"

"你!"原英焕猛地看向她,像一只愤怒的豹子,话音都哆嗦了,说:"你……你就这么护着他吗?你是不是喜欢这个小白脸了啊?你说!"

夏媛宸冷笑,突然不想再考虑他的心情了,直接挑眉道:"这跟你还有关系吗?我真觉得郑允文比你好十倍好百倍,至少他不是个满嘴谎言的骗子!你这种人,我瞎了眼才会把你当朋友!"

她知道这样的话说出来原英焕会有多受伤,但她没办法,她真是忍不住了。她也就是个普通的十七岁少女,她从火场里死里逃生出来,紧接着就要面对和喜欢的人分开,那就像把皮肤上的伤痂硬扯下来那么痛。结果现在真相大白了,始作俑者非但不忏悔道歉,还敢堂而皇之地站在她面前说:再来一次还会这么骗她!她……她……她真想狠狠踢他几脚!

她突然回头扯过郑允文的胳膊,在原英焕不可思议的注视下紧紧挽住,对他呵呵笑道:"我告诉你,原英焕,如果我要找男朋友的话,我就算选他也不会选你,听明白了吗?你死心吧!"

"……"久久的沉默。

死寂。

原英焕的一双眼睛像是淬了毒,恨得好像要把夏媛宸咬碎了。

郑允文一开始还满脸惊喜,后来就只是戒备地将夏媛宸下意识挡在肩膀后了。

原英焕盯着这两个人,仿佛同仇敌忾的两个人,站在一起紧紧挨着的两个人。

"哈——哈哈!哈哈哈哈!"他突然大笑起来,笑得眼眶都充血似的红了,下一瞬他猛地收了笑。

"夏媛宸!你别后悔。"说完,他迅速转过身,大步向来时的路走去,突然却又停下,笔挺的脊背在黄昏的日光下显得格外孤高。

他伸出手,一根亮晶晶的链子自他指尖垂下,背对着她用冷漠的声音说:"这是我母亲让我给你的,希望你还能去家里做客,但我想——你应该不需要了。"

他将链子一扔,一道亮光划过,宋承慧"呀"地叫了一声,充满惊喜。

"给你了。"接着,断然离去。

夏媛宸就这样沉默地看着他走远,夕阳将他的影子拉得很长,终于,再也不见。

"我们走吧。"许久之后,郑允文才低头轻声道,那么小的音量像害怕惊到她。

夏媛宸点点头。

他送她回家,一路看着身边的少女寂静而落寞,眼神都是空茫茫的,他一下有些不知道自己说出真相到底对不对了。

可他其实和原英焕一样,都没得选,只要他想跟夏媛宸在一起,就必须排除自己的情敌。

"夏媛宸。"他鼓鼓勇气,五指伸开,拉住了身边女孩的手,说,"你别担心,我会保护你的,不论原英焕用什么手段,我都跟你一起面对。"

夏媛宸抬头,少女的鹅蛋脸上弯出一抹浅淡的弧度:"嗯……谢谢。"

"啊!对了,我都忘了你是季家的女儿,原英焕大概也不敢做什么的。"

夏媛宸想到自己和父亲那已沉入冰点的关系,只得浅笑不语。

"那我没准还能沾你的光?夏媛宸,苟富贵莫相忘啊!"他有些刻意地大声说笑起来。

夏媛宸能感觉到他的手心里有些湿,也发现允文的话比平时多得多,她知道他想靠不断说话分散她的注意力——他怕她会挣开他的手。

可其实不会的。

她抬头望向渐渐显出的月亮,那淡黄的,有些清冷的光芒,然后长长地出了一口气。

她也很累了呢,从身体到心,都累了,她现在真的需要这一点儿温暖,这一点儿支撑的力量。不论是爱情还是友情。

所以,就让她自私一会儿吧。

在高二上学期即将结束的时候,清河迎来了再一次分班,官方说法是按成绩来划分的,但其中的门道大家都清楚,无非是一部分真正的优等生加一些背景强硬的学生共同占据实验班的良好资源。

当夏媛宸看到贴出来的那张大红名单时,真是连苦笑的力气都没有了,她能不能将这个所谓的珍贵名额让给别人?

只见不过四十多人的班级里,原英焕、纪秀芝、宋承慧、郑允文、张希阳居然全都赫然在列!

这么多人,凑一桌麻将都绰绰有余了,是要来个"第三次世界大战"的节奏吧?

夏媛宸深深地叹了一口气,有气无力地回自己班收拾东西。

Chapter 05 原英焕，你这个骗子
第五章

"夏嫒宸。"门口有人小声叫她。

有同学往外看了一眼，就见郑允文穿着粉蓝色格子衬衫、白色裤子，正站在外面温柔地笑着摆手。

"变成季家小姐了还真是不一样，不光有原太子这种极品男朋友，连蓝颜知己都一茬一茬往外冒了……"不知道哪个女生小声酸溜溜地嘀咕，马上就被旁边人给扯住了。

"你小心点儿，别让夏嫒宸听到，你当她还是从前的抹布妹吗……"

夏嫒宸拿着笔袋的手微微一顿，说不出地郁闷，她何止还是从前的抹布妹啊，简直不如从前吧？要是让这帮势利眼同学发现她已经跟老爸闹翻了，或许想把她架起来用篝火烤一烤吃了也说不准。

她叹口气拎着书包走出门，郑允文抿唇笑着接过她的东西，微微弯下腰小声问："怎么了？不高兴了啊？我们这样的身份难免会被人议论的，别放在心上。"

夏嫒宸突然在走廊里停下，回头问："允文，如果我不是季家的大小姐，不是原英焕的名义女友，你还会拿我当朋友吗？"

短暂的安静，郑允文仿佛愣住，无框眼镜后面是一双澄澈的眼，转瞬便失笑了："夏嫒宸，你还记得我跟你真正开始熟悉是在什么时候吗？

"是在咱们经由汽船回到原家船上的时候，原英焕要赶你去地下室，我拦不住他，只好时常偷偷跑去看你，怕有人会刁难你。"他直视着她的目光，坦坦荡荡道，"我就是在那个时候喜欢上你的。你当得了公主，也放得下身段，你跟别的女生不一样。"

"丁零零——"此刻，校园的操场里有男生们打篮球的呼喊声，耳边的铃声丁丁作响，老师们在催促，学生们嬉闹着跑回教室，一切的一切构成一幅美好的背景，衬托着这所过于浮夸的贵族学校里难能可贵的一颗真心。

深秋，好阳光。

"呼……"夏嫒宸就这么静静地望了他许久，终于长呼口气，说，"友情收下，爱情免啦，不管怎样还是谢谢你。"她伸出拳头玩笑似的捶了下他的胳膊，然后甩着马尾，步伐轻松地往前溜达，"牵"着一只少爷跟班，感觉别说，还挺不错——干脆，放学的时候就将家里的情况告诉郑允文吧？

夏嫒宸是这么打算的，可衰神似乎跟定了她。

一进教室，班里气氛就不大对，原英焕独自坐在最后面右边角落，阴着一张脸望着窗外，方圆三米内一个活物都不敢靠近。而纪秀芝干脆坐都不坐，就半靠在讲桌上，踩着她标志性的八厘米尖跟鞋，抱肩面对众人冷傲如霜的小眼睛嗖嗖地飞眼刀。

夏嫒宸和郑允文走进来，一时不知该坐在哪里，同学们大多坐在离这俩人都远的教

室中间,还特别选了靠墙的位置,不用直视纪秀芝可怕的眼神。夏媛宸却没兴趣和他们挤了,反正纪秀芝讨厌她不是一两天。

她拉过郑允文,径自坐在了第二排的正中间,纪秀芝的目光冷冷地转过来,夏媛宸平淡回望,两个人相距不过一米多远,一时间噼里啪啦简直火星四溅。

地中海脱发严重的贾老师走进来,看到这古怪的座位分布,才要瞪眼摆年级组长的架子就对上了后面原英焕恐怖的视线,浑身一个激灵想起自己这是在哪儿了。

这个班里的学生可都不是普通的小姐少爷,不能惹的!

就说那个原英焕,也不知道怎么了,眼里跟着了火一样,正死死地盯着讲台呢!是要把讲桌吃了吗?

其实,原大少是想把在第二排堂而皇之坐在一块儿的俩人给嚼吧嚼吧吃了⋯⋯

那边贾老师擦擦头上的冷汗决定当什么都没看见,放下课本干咳两声道:"非常荣幸能跟大家在实验班相遇啊,未来我们将在这里进行为期一年半的学习,希望你们都能取得好成绩。接下来的一件大事就是秋冬运动会了啊,往年一千五百米的长跑都没有人报,希望今年大家可以踊跃点儿,如果没人主动报就大家选吧。嗯,班会就开到这儿,同学们自己讨论吧。"说完,老师也受不了这古怪的气氛,脚底抹油溜了。

教室门被关上,屋里是有些尴尬的安静。

一直偎在讲桌边连老师进来都没动过地方的纪秀芝开口了,她一边玩着精致的水钻指甲片,一边挑起根根分明像小针似的长睫毛,冷笑说:"讨论啊,怎么都不说话?"

"啊,对,大家讨论!"宋承慧积极应和,起身柔柔弱弱地捂着胸口,刻意将手腕上的链子露出来,说,"老师刚才讲的一千五百米的长跑真是很困难呢,不知道秀芝小姐你觉得谁来参加合适呢?"她又晃了晃手链。

那条手链就是她得以进入这个班的依仗,是她新人生的入场券,要知道凭这个可以随意进出原家主宅的大门呢!多少从前她根本够不上的世家小姐们也不敢无视她的示好了。可惜,纪秀芝却不吃这套。

宋承慧眼巴巴地盯着她,而纪秀芝就跟看眼前的一团空气一样,毫无焦点地转开了视线,连个不屑的眼神都懒得赏赐。

"呵呵——"教室里响起了低低的嘲笑声,宋承慧的眼眶有点儿红,委屈地朝原英焕那里看去,而原英焕在收到信号后,也慢慢地抬起了眼睑。但是,里面却没有要给她撑腰的意思,反而有些冷漠。

"英焕啊⋯⋯"宋承慧的手抖了抖,一时不知该继续举着还是放下了。

"你不说话没人把你当哑巴。"原英焕面无表情道。片刻之后,又看向讲台上的纪秀芝，脸色不善道："你也差不多点儿，纪秀芝。"

纪秀芝冷哼一声。

"那个……要不我们还是说正题？先把长跑人选定了？"体委张希阳打着哈哈出来圆场，"男生的已经有人主动跟我报名了，女生就……"他环视教室一周，耸耸肩，有些阴险地刻意将最后的目光放到夏媛宸身上。

所有学生都看懂了他的暗示，但是无人敢应声，夏媛宸可不是从前的夏媛宸了，人家是季家大小姐！

而郑允文更是寒着脸拍桌而起！

"要去，你穿个裙子去！少在那儿瞎挑唆，你哥张希德已经上不了学了，怎么？你想跟他一起回家吗？"

不是他要仗势欺人，只是女子的一千五百米从来都是只有体育特长生们参加，现在实验班里明显没体育生，难道让夏媛宸去和别班的体育生赛跑？

"我……我什么都没说啊……夏，哦不，季小姐应该很忙吧，没时间来运动会也正常……"张希阳强挤出笑容，瘦得跟麻秆儿似的身体下意识地躲了躲。

宋承慧坐在自己的座位上目睹了一切，一双原本清秀的眼眸里全是怨愤扭曲——为什么？为什么夏媛宸永远有好运气？从当初的原英焕，到后来的李钟敏，好不容易那些男生都不在了，又冒出一个鬼都不知道的父亲可以庇护她！而自己呢？明明那么辛苦，那么努力地想要进入上流社会，却还要被纪秀芝这样的丫头瞧不起！

她在瞪着夏媛宸，而纪秀芝同样也在冷冷地看着夏媛宸，可她不敢说的话，显然这位纪大小姐敢。

"呵，说起季家，季伯伯好像已经飞去美国看孝坤了吧？听说把家里产业都交给了近亲侄子打理，原英焕你听说这事了吗？"她皮笑肉不笑地朝教室后方瞥去。

原大少穿着蓝灰色球衫，呼吸粗重，一张脸硬邦邦的，眼神像刀子，突然也不知怎的猛地起来踹了脚凳子，发出"咣当"一声巨响。

所有学生齐齐打了个激灵——

只有纪秀芝抱着肩笑容不变，小小的少女披着一袭大红色斗篷，十足女王范儿，眼底都是嘲讽。仿佛在说：你有本事拿凳子撒气，你有本事去踹夏媛宸啊！

当然，原少现在是不敢对夏媛宸动手的，恼得七窍生烟了也不敢……他最后也只能咬着后槽牙憋出一句："少问我，不知道！"然后虎虎生风地大步离去。

纪秀芝脸上的笑容垮了，完全是用一种看废柴的目光注视着原英焕的背影走远，嘴唇动动，无声地说："没出息的家伙。"然后，回头也拎起自己的小皮包，踩着高跟鞋

骄傲地离开,当然,走时还没忘记挑衅地对夏媛宸扬扬下巴。

"夏同学,新班级欢迎你。"

夏媛宸一手遮头侧过身,半趴在位置上已经想向老天喊救命了。

纪秀芝不是很高贵地觉得跟下面阶层的对视都是浪费自己的视网膜吗?那怎么就非得找自己的麻烦呢?

天知道她有多希望纪秀芝能把她当成路边的一棵树、一团草直接无视了就好,就像对宋承慧那样就很好啊!她现在也是个小平民,为什么就不能公平一点儿呢?夏媛宸臭着脸默默在桌上画了个圈,此符咒被命名为"求公主殿下不找碴儿"。

当然,现拜佛是没有用的……坐在这里不聋的同学都从那两位顶尖继承人的简短对话里提取出了一个重要信息——夏媛宸失势了。原家厌弃她,季家无视她,纪小姐讨厌她,那么游戏可以开始啦,呵呵!

"既然咱们的季小姐——哦不,夏小姐,没有家族事务要忙了,那应该可以参加运动会了吧?"张希阳大摇大摆地走上讲台,嘴角的狞笑完全是一副有仇报仇、有怨报怨的架势了。

宋承慧坐在自己的位置上轻声接话:"夏媛宸,你就报了嘛,我看纪小姐也对你参加长跑很有信心呢。"

几个看热闹不嫌事大的男生对视一下,马上敲着桌子开始起哄:"对!夏媛宸!夏媛宸!夏媛宸——"

"够了!"郑允文恼了,用力拍拍桌子,脸上没有一丝表情,眼镜片反射出锐利的光芒,视线缓慢扫过,极具压迫力地问:"你们不是要忽视我们郑家吧?"

他的视线在自己好友——瓷砖大亨家的小少爷杜飞身上略略一停,使了个眼色,杜飞似乎在发短信,郑允文为了引起他的注意,用力咳了两声。杜飞被身边人推了一下才抬起头,目光还有些茫然,一见郑允文正瞪着他,马上恍然大悟,装模作样地说:"啧啧,允文,你都被你爸赶出家门了,还没吸取教训啊?都说了不让你和原少爷作对了啊。"

"……"郑允文嘴角抽搐,半天说不出话来。

杜飞挠挠头,恢复茫然状态。难道他背错了吗?不会吧,就这两句台词啊!

最终,夏媛宸被强制报了女子一千五百米长跑项目,郑家少爷反对无效。

"呼……呼……呼……"沉重的喘息声,夏媛宸艰难地擦着汗奋力迈步,到了,马上就到了。

突然她脚下一个趔趄!

第五章

　　守在跑道尽头的郑允文立刻一个箭步冲过来，双手托住了她两边腋下。

　　"哎哟，没……没事，你放开我吧，让我坐会儿。"夏媛宸气喘吁吁，勉强靠着他站着。

　　"不行！才跑完不能坐。"郑允文的脸上满是心疼，一只胳膊用力地撑着她，腾出另一只手用力地为她扇风，嘴里埋怨道："真不知道你怎么想的！大中午出来跑步，还非得跑一千五百米，运动会那天要跑一次还不够啊？"

　　夏媛宸好不容易才把气喘匀，拍拍他的手示意自己可以站住了，双手扶着腰苦笑道："你以为我愿意啊？可现在怎么着都得去跑那个长跑了，我总得看看自己到底能不能跑下来吧？不过还不错，我居然能坚持下来，就是速度不怎么样……"

　　"还管什么速度啊！"郑允文郁闷地用手背拂上夏媛宸苍白的脸，烦躁道，"走了走了，下午请假，我送你回家休息。"

　　郑允文说是要直接送她回家，可叫的专车却在一家私人会所前停下，夏媛宸往外看了眼那泰式建筑风格的小楼，没有多问，跟着他下车。

　　身材高挑美艳的领班见到郑允文马上笑着迎出来："郑少爷又送妈妈过来了？真是孝顺。"

　　"不是——"郑允文难得有点儿尴尬，含糊地朝身侧一指，说，"我陪朋友过来的……"

　　"哦……"领班暧昧的视线在两个人身上打了个转，说，"你们都是做香薰梳经络按摩吗？准备一个带温泉池的双人套包，好不好？"

　　"不要不要！"郑允文吓了一跳，忙不迭摆手，说，"就她自己做，我……我在外面等就好了。"他脸上飞起两朵红霞，回头想看夏媛宸又不敢看她的样子，小声强调说，"我就在外头等你。"

　　这次连夏媛宸都笑了。她本来也有些尴尬，可面对郑允文那手足无措的样子，反倒有底气了，强作镇定地说："也没什么，中间支个屏风吧。"

　　浅棕色柔美木雕装饰的小屋，灯光刻意调暗了，淡淡的薰衣草香伴着轻柔的音乐袅袅升起。当夏媛宸进屋时，那扇墨绿色画着巨大孔雀的异域风情的屏风已经立好了。后面影影绰绰有个坐着的身形，应该就是郑允文。

　　"夏媛宸？"他试探地叫了一声。

　　"嗯，是我。"她回答，趴到床上，笑着对那位泰国小姐摇摇头，示意自己不脱浴袍了。

　　"真不需要我出去啊？"

"不用了。"夏媛宸换了个更舒服的姿势趴着,说,"正好跟我聊聊天。"被人请客带来按摩,反而把主人赶到厅里坐着,这种事她可做不出来。何况以她现在穿戴的严实程度,就算不立屏风也没什么,但她怕允文会乱想出别的意思,还是放着吧。

"嗯,聊天啊……聊什么都可以吗?"郑允文问得有些小心。

"你是想说我家里的事吧?"夏媛宸好笑道,"为什么不可以?"

"怕你觉得我管得太宽了啊。"郑允文叹了口气,说,"你跟你爸爸到底怎么回事啊?怎么他去美国不把家里的事业交给你反而给了侄子呢?是纪秀芝在胡说八道吧?"

"她说的是真的。"夏媛宸微微闭着眼养神,用平静的声音说出爆炸性的话,"而且,季氏的继承权以后应该也没我的份儿了。"

郑允文穿着白色衬衫几乎是从沙发上蹦了起来,惊愕地喊:"什么?!"

"你吓我一跳!"夏媛宸捂着胸口从按摩床上跪坐起来,哭笑不得地说,"干吗一惊一乍的。"

郑允文直接把眼镜从脸上摘下来,看架势像是想绕过屏风走过来,可又停住了,听语气是真的焦急担心,问:"你出了这么大的事怎么不早告诉我?一点儿转圜余地都没了吗?可是为什么呢?季家不是还因为你送给原家两座超级商业体吗?"

"就是因为那两座商业体。"夏媛宸淡淡道,裹了裹身上的浴袍,走了出去。

少女的脸庞红扑扑的,慢慢走过来,身高才到他的胸口而已。明明应该是很柔弱的,要备受保护的,可她只是安安静静地站在那儿,眼神里就散发出灼热的生命力,一种坚不可摧的少女力量。

郑允文怔怔地说:"你……你就是因为坚持要给原英焕那些东西才和季董事长吵架的吗?你这样值得吗?以后怎么过日子……"

夏媛宸微微一笑,目光明亮澄澈,说:"就像以前那么过啊。允文,我和你们不一样,我不是命定的小姐少爷,原英焕离开继承者的身份就不是他了,但我就算做普通人也一样很好。"

"可他骗了你啊!"郑允文一瞬间愤怒了,少年的脸气得涨红,怒道,"那手指是他自己要切的!就算他爸因此要废黜他继承人的身份也怪不到你的。"

"的确怪不到我,但我依然会内疚。"夏媛宸安抚地握住他的胳膊,说,"现在这样,我心安理得——所以允文,也别为我生气了,好吗?"

郑允文难受地侧头看向窗户一边,瞪着外面不说话。

夏媛宸沉默了一会儿,慢慢放下手,突然看着他道:"你也跟你父亲吵架了,是吗?"

Chapter 05 第五章

原英焕，你这个骗子

郑允文的脊背一僵。

"你没地方去？"

"我——"郑允文知道自己此时该说什么，但嗓子里却像卡了东西似的，困难地挤出一个字后，就再也没有声音。

夏媛宸吐了口气，轻声说："跟我回家吧。"

郑允文"噌"地转过头，低眉惊讶地看向她。

"我……我可以吗？"他磕磕巴巴的，脸上的表情说不清是高兴还是不高兴，"我的意思是——你不会为难吗？"

"有一点儿啊。"少女俏皮地耸耸肩，脸上的笑容明媚，毫无阴霾，坦然道，"但还是那句话，只有这样我才心安理得。走吧，换衣服去了。"她弯腰拿起桌上的茶杯，将花茶一饮而尽，而后转身跟着谦恭的泰国按摩师走向后面的更衣间。

郑允文就那么定定地立在原地，在暖黄色的灯光中看着她的背影越走越远，心里蓦地产生一股羞愧甚至是无地自容的感觉。

在这个瘦小的女孩的身体里，仿佛蕴含着一股强大的正义感，不论世界如何，她自有一套属于她的道德准则，比如对友至诚；比如富贵不移；比如宁可被天下人所负，我不负天下人。

"夏媛宸，我好像知道我为什么会喜欢你了。"他喃喃自语道。

夏媛宸现在居住的房子还是当初季子山买的，一个高档小区的大三居室，176平方米，有吧台，有室外小露台。

郑允文进门的时候刻意夸张地"哇哦"了一声，左右张望道："我还以为要开始过苦日子了呢，没想到享福来了啊。"

夏媛宸翻了个白眼，弯腰给他拿出一双拖鞋，说："新的，换上吧，少爷。"然后率先往咖啡色吧台走去。

郑允文乐呵呵地跟在后面，边打量边一时嘴快地问："还真挺漂亮的，当初是你爸妈设计装修的？"

夏媛宸正在倒饮料，手微微一顿。

郑允文反应过来，后悔又懊恼地说道："对不起，我只是——"

"没事。"夏媛宸回头面容平静地递过苹果汁，说，"是我父亲亲自为我妈妈设计的，一切都参照她的喜好。"

郑允文接过杯子，低头喝了一口，犹豫再三终于抬眼道："我感觉季董事长很爱你

母亲，你不能再和他道个歉缓和一下父女关系吗？"

夏媛宸摇摇头，笑得无奈，眉尾的小雀斑在跳动："你傻啊？就因为他很爱我妈妈，我们的关系才不可能缓和啊，我又不会帮他把我妈追回来。"

夏媛宸的妈妈跟纪秀芝父亲的事学校里已经有不少人在八卦了。郑允文没再多问，只是叹了口气，说："我还真很少看见女儿不帮父亲的。"

"我希望我妈开心，"夏媛宸看向窗外，目光宁静长远，轻声说，"能和喜欢的人在一起，真的不容易……"

郑允文望着她那样的眼神，蓦地有些心酸——夏媛宸，你在想谁呢？即使隔了这么远的距离，发生了这么多事，你还是忘不了他吗？

杜飞是在晚上打电话过来的，郑允文一看到他的电话，赶紧跟做贼似的跑到露台，关了门，这才敢接起来。

电话一通，杜飞咋呼的声音就响起来了："喂喂！允文啊！我给你说个坏消息，那个运动会你也被塞了个项目，投铅球什么的……"

"怎么？居然不是长跑啊？"郑允文压低声音狞笑。

杜飞打了个激灵，哆嗦着声问："你……你……你生气了啊？可不是你说的，不许我跟你说话，要看着像咱们闹掰了吗？"

郑允文恨得牙痒痒，摘下眼镜扔到桌上大吼："中午我给你使眼色让你帮夏媛宸，你怎么不出声？她被报了个一千五百米啊！你去替她跑啊？我真想抽你！"

"呃……你当时是叫我拦着？我哪懂啊，而且我出去英雄救美算怎么回事？她万一领情了闹着要做我女朋友怎么办？"杜飞越说越苦恼。

郑允文额头青筋直跳，一张斯文的脸气得都扭曲变形了，半晌才从喉咙里挤出一声魔鬼般的笑声："好家伙，她放着李钟敏、原英焕和我这样的人不要，看上你？她是瞎啊还是瞎啊！"然后，"砰"的一声挂断电话。

靠在软椅里他呼哧呼哧好半天才算平复了胸口的闷气，虽然眼下剧本都乱套了，但不管怎样他还是进了夏媛宸的家了。接下来他就想办法解决那个见鬼的运动会吧，可是该怎么做呢？肯定是不能用郑家的力量了……

"允文？郑允文！"

当清晨的第一缕阳光洒下来，落在他沉重的眼皮上，他感觉有人在不住地拍着自己的脸。郑允文有些困难地睁开眼睛，只觉得头昏昏沉沉的。

"媛……夏媛宸……"他一张嘴，嗓子沙哑发痛。

"你晚上怎么睡在这儿了？现在十一月份了你知不知道？露营啊你？"夏媛宸穿

着一袭蓝色水手制服样式的校服，秀气的眉头紧皱着，伸手摸了下他的鬓角，果然发烧了。

"算了，你今天接着请假吧，我中午会给你带饭回来的。"她叹气道。

"那怎么行！"郑允文急了，想从软椅上爬起来，"我不去的话，有人欺负你怎么办？我得保护你啊！咳咳咳——"他稍稍动动，就是一阵剧烈的咳嗽声。

夏媛宸狠狠拍了他一下脑门，动作虽然大，落下去的力道却轻，骂道："你照顾好自己就行了，现在这样你能保护谁啊？"

她把郑允文扶到卧室，在那孩子眼巴巴的注视下独自离开了。

一上午还算风平浪静，上午的最后一节是体育课，老师在宣布自由活动后，纪秀芝就发难了。

她今天难得穿了一身运动装，亮眼的橘红色，斜靠在篮球架上，懒洋洋地举手说："老师，自由活动有什么意思？我建议还是由体委组织，给运动会报了项目的同学算算时间，做做练习吧。"

"可以，纪同学是希望大家练什么项目呢？"老师客气地问。

"那当然是咱们的重头戏——"纪秀芝拖长声音，似笑非笑地朝队伍尾端的夏媛宸看去，慢慢道，"女子一千五百米长跑喽。"

夏媛宸轻轻看过去，相比起纪秀芝的精致美貌和盛气凌人，她就像花园深处自由生长的牵牛花一样素淡不起眼。但是这个少女的眼睛却特别吸引人，眼神里仿佛含着浩瀚广博的大海，有着连成人都少见的平和包容。

她一步步走过去，终于站定在纪秀芝面前。

纪秀芝冷冷地望着她，今天她没有穿高跟鞋，一米六八的个头基本是与稍矮两三厘米的夏媛宸平视的。

"你这样心里真的会舒服点儿吗？"夏媛宸问。

纪秀芝冷冷地弯唇，说："你要求饶吗？"

"不，"夏媛宸摇摇头，也笑了，"你失去了父亲，我也失去了母亲，其实我觉得自己并不欠你什么。但我后来想想，如果不是我放走了我妈妈，你就不会被你父亲放弃，所以你一定要认为我有错，要把气撒在我身上，我也没有办法。"

两个人，一个主动放弃，一个被人抛弃，其实高下立见。

纪秀芝在那一瞬间几乎气得浑身哆嗦，声音都不稳了："好……好，你真是牙尖嘴利！等会儿你被累个半死了，我看你还会不会这么多话！张希阳！张希阳！还不过来计时！咱们的夏媛宸小姐可是要跟体育生赛跑的！不好好训练怎么行呢！"

"哎哎！来啦！"张希阳兴高采烈地答应着，小人得志的劲儿活似古代小太监。

"夏媛宸，准备跑吧？"他得意扬扬地朝跑道那里一指。

这时，一个人却突然冲了出来，是穿着白色名牌运动衫，圆滚滚的小胖子。

"不……不……不行！"他战战兢兢鼓足勇气举起胳膊拦着，对纪秀芝和张希阳说，"你们别逼夏媛宸了，大不了——大不了我替她跑！"

"你算什么东西！"纪秀芝咬牙切齿道，"给我让开！别碍事！"

夏媛宸也有些讶异，说："呃……杜飞你不用管我的，你走吧。"

小胖子回头大义凛然道："不！男子汉大丈夫一言九鼎！夏媛宸我保护你！但是我跟你说，我不喜欢你的，你也不要喜欢我，我有女朋友，比纪大小姐还漂亮呢……"

"……"夏媛宸一时间哭笑不得。

纪秀芝有点儿蒙，指着杜飞就骂："给我——给我把他拖走！神经病吧！"

两个高壮的男生一左一右过来把小胖墩架起来，倒退着就给拖走了，很远的地方还能听到杜飞叽叽喳喳的叫声："啊！你们不能这么对夏媛宸啊，她好可怜的！"

纪秀芝脸色阴沉，盯着夏媛宸道："你还真是兴致广博，追求者包罗万象啊，不光白马王子有了，连驴王子都有了——可惜今天谁都救不了你，快跑步去吧，要是跑得不好，体育课直接不及格。"

从十一点一刻到十二点，夏媛宸就被体育老师和张希阳守着，不停地跑圈，下课时间早就过了，同学已经陆陆续续出来吃午饭了，偶尔有人同情，可一看到篮球架下面的纪秀芝，就什么都不敢说了。

虽是秋末了，可南方中午的太阳依然挺烈，体育老师瞧着夏媛宸苍白的脸色和豆大的汗珠终于有些不落忍，对纪秀芝道："我看夏媛宸今天练习得也够了，要不就下次再跑？"

"急什么？"纪秀芝目光寒冷，说，"她要是累了，自己会说的。"

事实上纪秀芝坐的位置离跑道很近，夏媛宸每跑过一圈都会经过她的身边，早在下课铃打响的时候她就有意与夏媛宸对视，等着她说句软话，道个歉，或者露出点儿可怜的样子，她可能就会放过她了。

可那个死拧的夏媛宸，哪怕跑都跑不起来了，哪怕嘴唇都干裂起皮了，还是梗着她的脖子，扬着头努力在跑。

好！不是想撑吗？她倒要看看夏媛宸能撑到什么时候！

时间慢慢过去，偌大而安静的校园仿佛只剩下那个围着跑道在跑圈的女孩子，她穿着校内最常见的蓝白相间的水手校服，梳着的马尾散开了，她摔倒了，又爬起来——半

Chapter 05
原英焕，你这个骗子
第五章

圈之后，又摔倒了。这次，她在跑道上趴了很久。

"呼呼……"胸腔里的心脏像是要跳出来了一样，夏媛宸大口大口喘息着，用手背擦了把头上的汗，艰难地撑地想再次站起来，眼前却忽然出现一片橘红色。

——是纪秀芝。

她抬起头，虽然是以仰视的姿态，虽然无比狼狈，可目光却极为平静。

纪秀芝却很愤怒，紧紧地攥着拳头，手隐隐在抖。

"夏媛宸，你不是问你做错了什么吗？我告诉你，你根本就没做对过——从以前到现在，你从来就没做对过！"

纪秀芝猛地转过身，大步离去，留下一片艳丽刺目的颜色。

夏媛宸久久地盯着她的背影，直到"叮"的一声，钟楼响起了整点的钟声，已经是下午一点整了。

她无声地叹了口气，左右看看，体育老师早趁着这工夫心虚地溜了。张希阳却还在，他流里流气地抱着肩膀晃过来，俯视着她，恶狠狠地笑道："季大小姐，你不会以为游戏结束了吧？咱们这才刚刚开始呢。"

而夏媛宸，眼神漠然地望着他后面，坐在地上一动不动。

张希阳心里奇怪，蛮横道："喂！跟你说话呢！听见没有！"

"什么游戏？要不要带我一起？"

身后，响起熟悉的声音。

张希阳浑身一僵，哆嗦地转过身，欲哭无泪地道："原……原太子……"

原英焕穿着浅灰色衬衫、米色裤子，高大的身影逆光而立，一手拿了罐饮料，一手插在兜里，目光冷淡。

张希阳吓得连滚带爬地跑走。

夏媛宸看着他，原英焕也望着她，那高大的身形突然一矮，他丝毫不顾忌自己一身昂贵的行头就那么自然地跟她席地而坐了。

他和她背靠背，彼此间能感受到对方身体的热度。原英焕打开饮料朝后一递，夏媛宸仿佛犹豫了一下，终于还是接过去，喝了几口，又还回来。

原英焕拿着那罐饮料在手里摩挲了一下，仰头喝了一口，问："你还要继续跟我保持距离吗？"

夏媛宸双臂环膝，抬头眯眼看向太阳，淡淡道："原英焕，我们两个都有各自的路要走，你就别再管我了，好吗？"

四周安静了一瞬，然后才响起一声自嘲似的笑，说："嗯，我也无数次跟自己说，

该让生活给你一点儿教训,可是又不忍心。夏媛宸,你一个小女生为什么就这么狠?你觉得我做错了,你生气了,想打我骂我我都认了,你就非得要跟我分开吗?还要闹得全校都知道才行?"

他知道自己现在这样有多没出息。夏媛宸无视他,李钟敏的一个视频就能吸引她全部的心神;夏媛宸憎恶他,觉得自己骗了她,在她眼里郑允文那个告密鬼才是好人,但他还是看不得她吃苦,他是上辈子欠了她吗?

夏媛宸不说话。

原英焕越发来气,捏弯易拉罐:"你这样对自己有什么好处?纪秀芝、张希阳、宋承慧,现在人人都想来欺负你,甚至他们真的人人都能欺负你!你开心吗?你过得舒服吗?!"

夏媛宸吐了口气,说:"不舒服,也不开心,原英焕啊,但是我心安理得。我不愿意当你的女朋友了,所以我也不该再享受你的庇护。但你以前对我的恩情还在,那天我说的是气话,你对我的付出我永远记得,你为了我可以连命都不要了,这是不管发生任何事都不能抹杀的。所以,如果有一天你需要我为你做什么,我依然义不容辞,我会竭尽全力,只是——我不能跟你在一起了,对不起。"

原英焕慢慢回过头,英俊帅气的脸狠狠地瞪着她,恨不能咬她一口。

夏媛宸无奈而平静地回望。

许久之后,原英焕才一口气喝光手里的饮料,将易拉罐"咔"的一声捏瘪丢开,臭着脸起身,居高临下地对她伸出手道:"走吧,先送你回宿舍休息。"

夏媛宸微皱着眉不语。

原英焕一口气憋在胸口,脸色难看了几分,咬牙挤出一句话:"大小姐,这会儿是下午一点半,流浪猫都睡觉去了好吗?你担心谁看见啊?!"

他原英焕怎么就混到这么惨的地步了?好歹也是堂堂校园男神啊!夏媛宸居然觉得他见不得人?

夏媛宸左右瞧瞧,面容缓和些,好像认同了他的说法。微微支起身,似乎想够他的手,随即就咬唇低低地嘶了一声。

"怎么了?"

"没事,呃——我还想再坐一会儿,你先走吧。"她若无其事道。

原英焕怀疑地打量着她,然后没说话,扭头走开了。

直到看着他走远了,夏媛宸才微微松了口气,龇牙咧嘴地开始揉自己的脚腕。可能是肌肉拉伤了,现在一动就酸疼酸疼的——都是拜那位纪大小姐所赐。她郁闷地想着。

Chapter 05
原英焕，你这个骗子
第五章

原英焕说得没错，从纪秀芝到张希阳，然后是宋承慧，她在这个学校真的树敌太多了，可以想象以后的日子会多惨。郑允文愿意保护她，却难以对抗纪秀芝，至于原英焕……夏媛宸忍不住叹了口气，还是算了，她宁可再去操场上跑上十个一千五百米。

"哐当——哐当——哐当——"不知哪里忽然响起了铁板车的声音，那声音越来越近，夏媛宸奇怪地回头一看，竟然见到原英焕拖着一辆蓝色的小推车正往自己这儿走呢！

"你……你干吗啊？"她目瞪口呆地看着这个古怪的家伙。

"运你啊。"原英焕来到她面前没好气道，指着车子说，"坐上来，想去哪儿我送你。"

夏媛宸哭笑不得地问："你从哪里搞了这么个东西啊？"

"食堂正在拉方便面呢，我就抢来了。"原英焕理直气壮地说，他嫌弃地瞥了眼她的脚，"酸得不行了吧？跑了一个多小时过瘾吗？还在那儿死鸭子嘴硬。"

夏媛宸一时无言以对，很快又抓住漏洞嘲讽回去："你怎么知道我跑了一个多小时？原少爷很闲嘛，一直蹲墙角看我跑步呢吧？"

"……废话这么多，你再去跑几圈吧！"

"呸，要去你去！"

他扶着她坐上去，两个同样臭着脸的少男少女，就这么一个拖车，一个坐车，在校园操场上慢慢走着，不唯美，不浪漫，但在阳光下，依然温暖得让人想落泪。

你见过王子吗？
他率着威武的部众，带着华丽的钻石马车去迎娶他的公主。
你见过王子的爱情吗？
他自己，亲自，拽着一个寒酸的板车走来。
夏媛宸，我爱你，全世界都知道。

第六章

报复了，后悔了

原英焕将板车和夏媛宸一起留在食堂，下午的前两节课是自习，夏媛宸便坚持要在食堂吃饭，并且赶他走。但原太子这种人如果听话就不是他了。他没走，而是躲进了经理的屋子，透过公共摄像头观察夏媛宸去做什么了。

他看到食堂的胖刘婶给了夏媛宸一个面包，她吃完后又找刘婶要了个马扎，坐在后厨门口洗碗，她干得乐呵呵的，原英焕却看得要气死了。有高床暖枕的休息室不去，有星级酒店的法式大餐不吃，这个倔丫头真是——真是好日子过不了就爱自己找罪受吧！他咬牙切齿地扯松了自己的领口。

那偌大的一盆塑料碗夏媛宸洗了整整一个多小时，原英焕从开始的愤怒到沉默，他盯着屏幕一动不动，终于在下午第三节课上课前看了看表，而夏媛宸果然也在这个时候摘下了塑胶手套。

他看着她从刘婶那里接过了一张纸币，到超市里选了一袋鸡块和两只猪蹄冻到了冰箱里，说放学过来拿，之后就换了衣服去教室上课了。

原英焕感觉自己的心酸痛得厉害，像是也刚跑完长跑一样，她这么拼命地去洗那些脏乎乎、油腻腻的碗，就为了换取一袋鸡肉和两只猪蹄？要给自己补充营养还是因为那个该死的长跑？

这种糟糕的心情终于在他晚上回家后到达了顶点，家里来了一位表小姐，在餐桌上不停地抱怨一道鸡汁蔬菜应该先用新鲜的扇贝和虾子吊汤头，鸡肉熬出来的味道实在太腻了。

在那个被巨大水晶灯笼罩着的欧式华贵厅堂里，原英焕突然忍无可忍地扔了筷子，起身冷脸道："要吃就吃，不吃就自己去厨房做！"然后转头冲出了家门。

母亲在后面惊呼一声："英焕，你去哪儿？"

可是，他根本顾不上回答。

叫上司机，他直接打电话到学校教务处要了宋承慧的家庭地址，然后飞奔前往。

一辆豪华轿车开到市区边缘，驶入了一个极为简陋逼仄的居民区。卖鱼的大娘随手将盆里的污水泼了一地，卖菜的小贩在夜色中高声吆喝处理自己的剩菜，面容俊朗的少年面无表情地扫视过这些画面，突然在想：一直以来自食其力的夏媛宸也是在这样的环境中讨生活吗？可是为什么，成长于市井中的小女孩最终却能变成今天这正义、阳光，对一切磨难毫不畏惧的模样。

校方给的地址是四号楼301，拒绝了司机要陪同上去的建议，原英焕独自上到三楼。

敲敲门，一个穿着脏兮兮黑色棉衫的男人骂骂咧咧地开门："前天才抄了水表，今天还来？你们讨债的啊！"

第六章

门拉开，他看到门口气质出众的少年明显一愣。

"你好，我是原英焕，有重要的事情想找宋承慧，请问她在吗？"他礼貌地问。

"啊？在……在！"男人明显是知道他的，惊喜地回头喊，"死丫头！啊，不是……承慧啊！快点儿出来，你的好朋友原英焕少爷来了啊！"

他谄媚地上前一步，将门大开，说："原少爷进来喝杯茶吧？对了，您还没见过承慧的弟弟吧？那个孩子可聪明了，原家缺下人吗？"

原英焕皱眉。

"爸！你胡说什么呢！"宋承慧小跑出来听到父亲的话，非常不自在，她看着原英焕，有些别扭地竭力想将自己陈旧的衣服拽得平展些，"对……对不起，我不知道你要来，英焕，能不能请你稍等我一下，我去换个衣服……"

"不用了。"原英焕直接说道，"我来是找你要回那条手链的，作为交换，这个是你的了——"他从钱包里抽出一张黑金卡片，"你可以再去买十条、一百条，白金的、黄金的、玉石的链子，都随你，把我给你的那条还给我。"

宋承慧捂住手腕，脸色煞白。

原英焕对眼前的柔弱美人完全不为所动，而宋家父亲更是恶狠狠地一巴掌打上她的脸。

"人家要手链！还不快点儿交出来！"然后不顾宋承慧的哭闹挣扎，硬是将东西从她的手腕上扒了下来。

脏兮兮的男人双手奉上手链，垂涎欲滴地盯着原英焕手里的卡片，说："原少爷，您的东西……"

"很好。"原英焕将卡递给宋家父亲，拿回手链，爱惜地摩挲了一下，转身要走。

"英焕！"身后响起宋承慧的哭泣声，她追出来喊，"你真的要对我这么狠心吗？我不想要钱！我想要那条链子！我要你啊——"

可惜话音未落就又响起宋家爸爸毫不留情的巴掌声和骂声："呸！你在胡说什么啊，死丫头！当然得要钱了！不然怎么送你弟弟出国读书！"

原英焕回头，正见到宋爸爸在踢打宋承慧，凶悍极了。一对上他的注视，那个中年男人犹豫地停了手，随即讨好地说："那个……我看她对您太没礼貌了——对了，您还有什么东西在我们承慧这里吗？您随时都可以买回去的！"

"对！买回去！"一个小男孩也冲出来，挥着拳头起哄，瞧着霸道又任性。

而宋承慧跪坐在地上，微微闭着眼，一动不动，只有眼泪止不住地落下，是难堪？还是悲伤？

原英焕静静地望着她，也望着她身后混乱的背景，头一次，目光中带了点儿怜悯，少年开口，声音清朗动听："你变成这样，不完全是你的错。"顿了顿，音调又轻了些，"可你依然有别的选择。"

他想到了另一个与她完全不同的女孩——以私生子身份在豪门中长大，幼年怀揣巨大毅力破门而出，以弱小的身躯一力担起自己和母亲的生活。视富贵如浮云，崇尚人人平等，敬畏万物生命。她生而落魄，本来也该像宋承慧那样枯萎在泥潭里，可她以强韧的意志力从罪恶的污泥中长出来，变成了一朵最耀眼的向日葵。

"我雇你当我的私人生活助理。"在宋承慧不可思议倏然瞪大的双目注视下，原英焕平静地一字一字说，"明天给我准备早餐。"

说完，俊拔的少年转身大步离去。

"好的，谢谢！谢谢……呜呜……"远远地，宋承慧已泣不成声。

太阳渐渐落山，原英焕踏着夕阳的余晖走出那个阴暗的楼道，他整整衣衫，唇角露出一抹释然的笑，矜持高贵。他刚才帮了夏媛宸的敌人，但他相信，如果今天是夏媛宸在这里，也会做和他一样的事。也许在他心底深处还是有跟那个傻丫头相似的地方，比如见不得弱小者备受欺凌，比如没办法无视一个深陷在生活泥沼里的人。

这些位于社会顶端的继承者们啊，他们在盛日下是那么高高在上，光芒夺目，没有人能在那炽烈的光芒下看到他们一颗柔软悲悯的心，但是没关系，月亮会知道。

暮色四合。

静谧的夜里弥漫着晚餐的香味儿，原英焕打开车窗望向外面，喷泉、草坪、凉亭，不算华丽却胜在精致，心里多少是个安慰，这一刻他由衷地感谢季子山为夏媛宸准备了一个还算像样的住处，而夏媛宸也接受了。

他来到了夏媛宸所住的楼下，一层的半封闭的小露台花园摆着椅子和漂亮的灯。他走近了，居然闻到了辣炒猪蹄的香味儿！

好像还不错啊……

对了，应该还有一道炖鸡块呢……

原英焕贪婪地深吸了一大口气，嘿嘿笑开了，这次真是他有口福了啊？

他决定，不管今天夏媛宸说多少难听话，给他多少白眼，他都得跟她和好！而且还要留下吃饭！他可是带了秘密武器来的。

"喂！鸡肉你好歹要洗一下啊！怎么能直接放锅里？"屋里传来夏媛宸无奈的叫喊声，"算了算了，你不要弄了，等我出去倒完垃圾我来做。"

第六章

报复了，后悔了

她家里有客人？是亲戚吗？原英焕一边下车，脑子里闪过一个念头，下一刻楼道里就窜出一个穿着粉红色棉布睡裙、踩着白色短毛拖鞋、披散着头发的夏媛宸，她拎着个黑色大塑料袋，看到他顿时呆在原地。

原英焕觉得自己从来没那么伶俐、那么机智过……

他一个箭步冲上去，夺过夏媛宸手里的垃圾，三步并作两步地跑到距离垃圾桶五米远的位置，一个精准的投篮，垃圾袋就掉进去了。然后回头对夏媛宸帅气地甩头一笑。

夏媛宸却惊得后退一步，还回头往屋里看了一眼，仿佛不知如何是好了。

要慢慢来，慢慢来，原英焕在心里跟自己说。他挤出友善亲和的笑容，过去道："夏媛宸啊……"

"你怎么来了？"警惕且不太欢迎的声音。

原英焕忍了下来，说："我是来道歉的。"他向后招招手，夏媛宸一怔，随即却是惊喜。

"你怎么来了？"同样的话，与刚才截然不同的语气。就见她几步走过去，穿过他身边直接与对面的人抱住了。

"喂喂！你们俩不要当我是死的，好吗？"原英焕硬邦邦地咳嗽两声，转过身呵斥，可眼底却没有多少生气的样子。

男生笑着放开夏媛宸，俨然是熟悉的面孔——原昆。

"感觉很久没有见到你了啊！去哪里了？"夏媛宸根本不理原英焕，只管与原昆开心地叙旧。

"我被原董事长派出去学习了，以后可能会接管公司一部分业务。"原昆在原英焕冷厉的小眼神下自觉地扬起手，纵容地后退一步，离夏媛宸远了些。

夏媛宸瞪了眼原英焕，毫不忌讳地又往前靠近一些，开心地玩笑道："那原昆哥你这是要高升了啊？下次再见面我是不是就得叫昆总了？"

"昆总可不敢当，这不，小少爷一个电话我就得过来鞍前马后了。"原昆无奈地耸耸肩，一身深蓝色正装衬着年轻的面庞。

"你怎么人家了？"夏媛宸立刻对原英焕质问道。

得，他终于不是壁纸了？要找人发脾气的时候就想起他来？

"呀——你真是！"原英焕超级不爽。

"哎，没有没有。"原昆看势头不对立刻用力揽住他的肩膀，挡在这俩活祖宗中间左右安抚。

"别生气，少爷就是请我帮他选点儿东西。"原昆对夏媛宸安抚道，然后赶紧对司

机挥挥手,司机下车带着大包小包跑了过来。

"这一袋是海货,扇贝、花胶、鲍鱼什么的,少爷说你好像会做饭,可以的话你们就自己烧了吃,或者叫原家派厨师过来。这一袋是应季的衣服,少爷在巴宝莉、古琦各给你挑了两身,不知道你喜不喜欢——哦,这个是全套的化妆品,专柜导购说正适合你的年纪,少爷就都要了。"他指着地下一大堆东西念念有词。

原英焕心里有点儿紧张,一时竟不敢抬头看他们。

夏媛宸半天没说话。

气氛,有点儿尴尬。

原昆左右看看,不知如何是好了。

终于,原英焕抬起眼,无声地看向夏媛宸,他觉得心里酸得厉害,不知道夏媛宸能不能从他的眼神里感觉到。

"你不肯收?"

"这些东西太贵重了,你还是拿走吧。"夏媛宸叹了口气。

"贵重?"原英焕忍不住偏头笑了出来,却是强装的坚强和自嘲,"这点儿东西对我来说贵不贵重你应该很清楚。夏媛宸,我带着原昆在商场里跟没头苍蝇似的转了两个小时,才给你选出了这些东西。这里头的每一样都是我认认真真挑的,我陪我妈逛商场都没有这样的耐心,你明不明白?"

"原英焕,我以为我们已经回到朋友的位置了,你之前不是都——"

"我后悔了行不行!我给你道歉行不行!"她话还没说完,原英焕就耍赖地打断了,梗着脖子毫不退让,反正他一直就是个无赖,再无赖一点儿也没什么。

原昆带着司机悄悄地走了。

安静的六层小楼旁,浅黄的光束下,只剩下原英焕和夏媛宸,如一出舞台默剧。

"夏媛宸,我知道你很生气,没错,我骗了你。可不管怎么样,李钟敏都是过去时了,不是吗?"原英焕的眼睛有点儿红了,说,"你就不能给我个机会让我弥补你吗?"

"你没机会了。"露台上,忽然又走出一个人,穿着蓝色的家居服,纯棉的质感,与夏媛宸那件几乎是一个款式。

原英焕眼中的红色更深了,甚至近乎血色。

郑允文的目光平静,手里捧着一碗吃的,有猪蹄的香气飘了过来,他将碗放到了小木桌上,走到栅栏边,居高临下地俯视着原英焕,说:"原太子,我真不懂你为什么还要一次次来骚扰夏媛宸,你觉得全校所有女生都非你不可吗?呵呵——要论权势,你比

第六章

得过李钟敏吗？如果说体贴，你及得了我吗？你不是最有钱的，不是对夏媛宸最好的，她凭什么选你？难道就因为对你印象最深刻，最会撒谎？"

"允文！"连夏媛宸都有些听不下去了，忍不住开口轻责。

郑允文这才住了口。

郑允文没有戴着眼镜，头发微微有些乱，很居家的模样，这么看着也是个儒雅温柔好看的少年，像是夏媛宸会喜欢的类型。原英焕觉得这一刻的自己已经愤怒极了，脑子里却分明还能冷静地急速思考着。

他想到了夏媛宸拽住郑允文的那只手，想到她明明疲惫之极还努力在食堂洗碗的姿态，想到她欣喜地选出一袋鸡块和两只猪蹄——

她拉住了郑允文的手，然后带他回了家……

她辛苦挣钱，是为了养活他……

她堂堂一位千金小姐，洗手做羹汤是给郑允文吃……

她，为何能如此可恨。她身边似乎永远萦绕着无穷尽的选择，而她就像高贵不可一世的造物主一样，俯视着如蝼蚁一样的少年们，挑剔地拣选出觉得值得善待的，然后悉心呵护，绽放最温柔的笑。

从当年的李钟敏，再到后来的他，至今日的郑允文。她好像总能狠下心舍弃人，也总能快速有新的目标。

这个女生——这个女生，太狠心了，他真的恨死她了……恨死她了！

"夏媛宸……"原英焕浑身都在哆嗦，他看不到自己现在的模样有多可怜、多可怕——就像是一个不小心和小伙伴打赌，却输掉了自己全部财产，完全不知道该怎么回家面对父母的小孩儿。他不知道是该毁灭自己还是毁灭这个世界。一双原本清亮的眼睛里像是带了钢针，声音布满哭腔，那语气说不出是哀求还是恐吓。

"你……你道歉……你赶走这个家伙，我就原谅你，你听到没有……听到没有！"最后一声，完全是怒吼了！

他真的不能容忍，无法容忍，自己用情至深，夏媛宸怎么就能这么凉薄！这个少女啊，几乎是他的整个青春啊！

"该走的是你！"郑允文冷下脸，直接从一米多高的凉台上翻了下来，挡在了夏媛宸的面前，以一种保护者的姿态。

而原英焕，根本不看他，只是紧紧地盯着夏媛宸，目光犹如等待宣判的犯人。

"原英焕，你走吧。"夏媛宸发出一声叹息。

"……"

原英焕退后一步，又退后一步，他眼神里的哀伤已经不见了，取而代之的是通体的麻木。他看着夏媛宸，看着郑允文，慢慢地，竟然笑了出来，是一种可怖至极，要毁灭自己也要毁灭所有人的笑容。

"夏媛宸，你会后悔的。"

"我发誓，不会让你们两个有好日子过。"

"游戏结束了。你们——做好准备吧。"

他转过身，决然地大步离去，"嗡"的一声，汽车伴着巨大的轰鸣声呼啸远走了。

原英焕说到做到。

郑允文在次日刚到学校就被通知市里选了他做交通标兵，从接到通知的这一刻起，就要到清河市最繁华的十字路口指挥行人交通，每天早上十点到下午四点，最暴晒的时间，不用问，一定是原英焕选的。

杜飞愤愤不平地问："那得站到什么时候啊？"

来通知的人轻飘飘地说："看原少爷心情了，大概站到高考前一天吧。"

气得杜飞差点儿当场就动手了。

至于夏媛宸，更惨，因为实验班接到了出乎意料的任命，即日起宋承慧成为这个班的班长，顺便兼任了校园学生兼职组组长，管理一切学生在校内参加的义务或非义务性工作。

夏媛宸从来没有听说过这个组，不用问，肯定也是校董委会的直接命令。那位原太子大概就是想让她全方位过不好吧。

宋承慧站在讲台上，拿着任命书，对她缓缓地、缓缓地扯出一个笑容。

"夏媛宸缺席自习课，今天罚站一天。"

"夏媛宸值日卫生做得不干净，罚打扫仓库。"

"夏媛宸负责把班里的体育器械搬到操场上去。"

"夏媛宸从今天起不在食堂包间服务了，转到后厨收拾泔水垃圾。"

……

简直是魔鬼训练营般的一周。

好不容易熬到了周五。食堂一楼，早餐时间刚过，夏媛宸吃力地推着垃圾车出来，戴着大大的口罩，强忍着恶心把大家早上吃剩的东西往桶里倒。

宋承慧带着两个原家的保镖从原家的专属包房里走出来。原英焕这一周都没有来学校，她便以原英焕"私人生活助理"这么个暧昧的身份堂而皇之地占据了他的房间。她

从二楼居高临下地往下望，脸上绽放出一抹快意的笑容，这好像还是她第一次完完全全地站到了比夏媛宸更高的位置上。

"喂，夏媛宸。"

宋承慧喊了一声，然后裹裹身上的大红色披肩，像一只骄傲的天鹅一样高昂着头从台阶上走下来。

这一身都是她以前想也不敢想的奢侈牌子，是照着纪秀芝的打扮买的同款，刷的是原英焕的卡。

她努力想模仿纪秀芝矜贵的步伐神态，可惜总有些不伦不类。

夏媛宸当然一眼就看出了她在模仿谁，很想说她其实并不适合这样的风格，纪秀芝的高贵精致并不是单纯靠衣服包包堆砌起来的，而是常年累月中形成的由内而外的高傲，但最后夏媛宸什么都没说，只是面容平静道："你好，有事吗？"

"我当然没事，以后你要不断有事做了。"宋承慧挎着一个大大的香奈儿包，怜爱地摸着那精美的冷金属图标，舒心地笑道："夏媛宸，还记得不久以前咱俩站在这里说的话吗？我说我虽然出身不如你，可我会努力，努力让我的孩子跟你一样。但是如今看来，这个目标应该达不到了，因为——"她的眼神忽然变得恶毒憎恶，"你已经沦落了！而我则会走向上层社会，坐最好的车，用最好的东西。"

"什么玩意一大早就在那儿叽叽喳喳？"二楼另一个宽阔豪华的白色包房门被打开，先是保镖走出来，然后是冷着一张脸的纪秀芝。

宋承慧顿时噤了声。

纪秀芝慢慢走下楼，视线扫过巨大的散发着恶臭的泔水桶，扫过穿着一身清洁人员服装的夏媛宸，最终落到了那一袭熟悉的亮红色服装上。

夏媛宸一身简陋坦然自若，宋承慧全身名牌却局促不安。尤其巧的是，她和纪秀芝今天拿的居然是同一款包包。

看着纪秀芝难看的脸色，夏媛宸突然忍不住笑了一下，又飞快地转过头。

纪秀芝冷冷地瞪了一眼夏媛宸，又厌恶地瞥向宋承慧，低头打开自己的大包，居然从里面抱出一只微眯着眼睛在打盹儿的波斯猫！

那小猫的姿态简直跟纪秀芝一模一样，出来后只是眼尾扫了扫众人，然后就颇为蔑视高傲地又合上眸钻到纪秀芝怀里了。

纪秀芝用食指和拇指夹起自己的香奈儿包，嫌弃的表情如同在拎垃圾，对夏媛宸道："给我丢了。"

"丢了？"夏媛宸微微一愣。

"我的猫不该用这么廉价的睡袋。"纪秀芝冷冷道。

夏媛宸叹了口气,走过去接了,顺手塞进了泔水桶里。

宋承慧浑身直哆嗦,眼泪就在眼眶里打转,两只手死死地勒住包带,用力之大几乎要把皮子扯破。

这个整整三万块钱的包啊,她在刷卡的时候都在害怕,这种她从前想也不敢想的奢侈品,就被眼前这俩人塞到了垃圾桶里!就因为是她宋承慧用过的吗?

这一刻她真的想哭,想破口大骂,想去抓破纪秀芝的脸!可她最终什么都没做,什么也不敢做,只能狠狠地撞开夏媛宸,喊:"走开啊!"然后捂住脸迅速跑掉。

夏媛宸冷不丁被她撞到,脚下一个不稳,直接跌倒,向大泔水桶摔去,慌得她一把抱住大桶。

那股令人作呕的味道一下翻涌上来,夏媛宸差点儿当场吐出来。

"哦,我的天啊!"纪秀芝无语地捂住鼻子抱着自己的猫退后。

夏媛宸难受地咳嗽两声往后退了退,还好桶没倒,不然可有她忙活的了,可是——她郁闷地低头看看自己围裙上溅到的一片秽物,忍不住埋怨地瞪向纪秀芝。

纪秀芝摸着自家小猫的脑袋,勾唇讽刺道:"活该。"

夏媛宸叹了口气,从桌上的餐巾纸盒里抽出几张纸开始收拾自己。过了一会儿忽然听到后面有人硬邦邦地开口:"还不转学?"

纪秀芝居然还没走?

她回身,就见那位公主殿下正垂手站在食堂的值班排班表前,上面密密麻麻地写着自己的名字——夏媛宸、夏媛宸、夏媛宸……也颇为触目惊心。

"你想我走?我以为你看到我这样子会很解气。"

"嗯,是很解气。"纪秀芝面容冷淡地将手里的猫交给保镖,并且示意他们退远,然后一手搭在另一手的关节上,慢悠悠走过来,以挑剔的眼神将夏媛宸从头看到脚——油腻得顾不得洗只好随便扎起的头发、粗糙了许多的手指,满身狼狈。

这一周,原英焕不在,而她亲眼见证了夏媛宸是怎么度过的。

没坐着上过一天课,却要擦每一节课的黑板;作业被人恶意撕毁;独自更换教室里的三十二张桌椅,从一楼搬到三楼;在食堂里做最污秽、最繁杂的工作;拿着最少的薪水和最低的成绩分数。

这些简简单单的描述听起来只有几句话,黑白的,单薄的——但放到真实的生活里,在所有老师和同学冷漠恶意的目光下,却足以彻底摧毁一个普通少女的心理防线,它能将一个人打击得站不起来。

第六章

宋承慧，是出乎她意料之外的恶毒。

而夏媛宸，是远超她想象之外的坚韧。

——当然她不愿意用这种近似褒义的词汇形容夏媛宸。她更乐意称这种精神为欠揍、杂草。

只是她不懂，夏媛宸本来应该与她一样，是从最昂贵的土耳其哈尔费蒂玫瑰园里培育出的娇嫩幼苗，可为什么……最终会长成这种永远击打不倒、宁折不弯的讨厌模样。

是的。

她讨厌夏媛宸，比小时候更讨厌。

其实在这漫长的一周里她有时候也会想：如果没有发生一些事，如果没有出现一些人就好了……她就可以更单纯地憎恶夏媛宸一些，或者——或者是对她好一点儿了。

但世界上没有如果。

所以，她选择冷眼旁观。

纪秀芝沉沉地吐出一口气，吐出不该由她这个年纪的女生来承担的阴霾，一字一字道："我当然乐意见到你被人打压得透不过气来，但不是让宋承慧这种污水沟里的虫子踩在头上——夏媛宸，你走吧，走得远远的。"

夏媛宸打量了下纪秀芝的神情，忍不住笑了，问："你这算是兔死狐悲吗？其实不用担心，你永远不会落到我这个地步。"

"我当然不会，因为我没有你这么蠢。"纪秀芝冷冷道，"可你现在这么坚持着还有意义吗？在这里当个小丑？还是等待原英焕回心转意？"

"我不会再跟原英焕在一起了。"夏媛宸摇摇头，声音很轻，语气却毫无迟疑，"我在这里，只是想离另一个人近一点儿。"

"谁？"

夏媛宸沉默着抬头，看向食堂吊着的电视，娱乐频道正在重播上一季的《少年将预备役》。那个少年身手矫捷，冷漠孤高，是荧幕上最亮丽的一道风景。

不知是不是她的错觉，纪秀芝安静了一会儿后，再开口时声音似乎和缓了些："我知道你一直都喜欢那个脾气古怪的家伙。"

"他不古怪——"夏媛宸忍不住维护。

纪秀芝抬起一只白皙的手掌表示懒得跟她争这种问题，继续道："可你在这里又等不到他，还不如去尚国找他。"

"我哪有钱去尚国？"夏媛宸无奈道，"纪大小姐忘了吗？我爸已经公开跟我划清界限了，这事还是你宣布的呢。"

"少扯这些没用的。"纪秀芝不屑地说,"你要是真想去,给姓李的打一个电话,他还不得派直升机来接你?"

夏媛宸无言。

"我告诉你,那个大怪物冰块男可是今非昔比了,听说他被尚国总统称为未来之星,是全国少女口中的第一公子呢!"

夏媛宸低垂着头,攥拳竭力忍耐。

纪秀芝却咄咄逼人道:"说话啊!你到底喜不喜欢他?"

"你要我说什么?"夏媛宸的脑子乱了,在她的逼问下忍耐也到极限了,突然将帽子、口罩一股脑扯下来狠狠地扔到桌上!"是我主动离开他的,现在又回过头去找他,换作是你纪大小姐你做得出来吗?!第一公子——你也知道他如今是尚国财阀的第一公子了,当初我就配不上他,如今我又凭什么?!"

心里又委屈又酸涩,那些强压的脆弱、敏感、自卑——在过去十几年她从未品尝过的滋味这时一股脑儿地都涌了上来,夏媛宸感觉自己的眼眶湿了,迅速转身就想走,不想让纪秀芝看笑话。

可纪秀芝却不肯轻易放过她,她还没走出两步就被扯住了胳膊,那些刺耳的嘲讽像是喷洒的毒液一样一股脑儿都往外流。

"哟?不会吧?难受了啊?昨日的他你爱理不理,今天的他你高攀不起了?哈哈哈,我真是太开心了,夏媛宸你终于不骄傲地扬着你那脑袋瓜子了,你不知道我有多讨厌你那个德行……"

"纪秀芝!"夏媛宸觉得自己快要气爆炸了,涵养再好的人也受不了纪秀芝这样的女生的刺激!

"怎么了?"纪秀芝挑着精致的眉眼扬扬得意。

"你放手!"夏媛宸也是怒极了,理智什么的完全扔一边了,一拳打向她抓着自己的那只胳膊,纪秀芝痛得后退一步,瞪大漂亮的细长眉眼骂道:"你——你敢打我?!"她抬起胳膊就要还手,下一瞬却又被人狠狠一推!

"啊——"纪秀芝穿着高跟鞋差点儿摔倒,幸亏被保镖及时赶到扶住了,定睛一看居然是郑允文!

郑允文先是紧张地回头看了眼夏媛宸,发现她身上的脏污后,立刻怒瞪纪秀芝道:"你居然对夏媛宸动手?没见过你这么野蛮的女生!将来肯定嫁不出去!"

"……"

今天是她的背运日吗?

第六章

她被人打了现在还要受诬赖?

纪秀芝恼到了极点,漆黑幽亮的眼珠子里像是着了火,指着郑允文手都在抖,咬牙切齿道:"真是山中无老虎啊!什么阿猫阿狗都跑出来了!你们还愣着?还不给我——给我把他拖出去好好修理一顿!"

"是!"两个身材高大的纪家保镖整齐喊道,一步上前就要去拽郑允文,却被夏媛宸迎面拦下。

"你们敢动手?!"夏媛宸将郑允文紧紧护在身后,手抓着他的手,直视着纪秀芝,嘴里的话却是对保镖们说的,"谁敢碰允文一下,马上就失业,不信就试试看。"那话音冰寒冷静,没有一点儿玩笑的意思。

保镖们一时犹豫着都停下了。

他们虽然是跟着纪秀芝的,可领的也是纪维钦的薪水,而在纪维钦心里到底是纪秀芝的地位高还是夏媛宸更重要,这就很难说了。

他们慢慢退后,站回到了纪秀芝身侧。

而纪秀芝,她幽暗的视线缓缓扫过那两个人紧握的双手,渐渐又回到夏媛宸的脸上,愤恨的表情竟慢慢冷凝下来,结出讽刺的痂。

"这是你的新选择吗?"她冷笑了两声,说,"夏媛宸啊,夏媛宸——拿了一手好牌,最后却只能抓住仅剩的烂木头,我真不知该怎么感叹你的命运了。"这一句话说完,她仿佛也懒得再讲什么了,倨傲地掸掸郑允文刚才碰到自己的地方,接过猫,在怀里轻抚两下,扬起淡漠精致的小脸,与夏媛宸和郑允文擦肩而过。

眼看那纤秀挺直的背影马上就要走入朝阳中了,夏媛宸却忽然回过头,追了两步,用手做喇叭状,对着她的背影喊:"喂!我知道你今天来没有恶意,我代他道歉!"

纪秀芝的脚步微微一顿。

片刻之后,才响起很轻、很低,几乎不带任何情绪的声音。

"不用道歉,因为,我本来就希望你在我看不到的地方,过着凄惨无比的日子。"说完,高傲而去。

"这是什么人啊!"郑允文走过去不高兴地咕哝道,"你听听她说的话,也是心眼够坏的了。"

夏媛宸沉默着,却半天没说话。过了许久,才像是自言自语一般说:"我希望你在我看不到的地方过着凄惨无比的日子。因为……如果我见到了,总会心软。"

郑允文仿佛呆住了,说:"什么啊?你……你不用这么美化她吧?"

"不是美化。"夏媛宸对着他笑了笑,目光又转向那阳光正盛的地方,纪秀芝的背

影已经完全融化进光里,一声叹息从她口中溢出,"因为——我和她是一样的啊。"

你可曾见过女生间纠结的友谊?

你们同时拥有最华美的裙子,受众人追捧。

你们一起玩耍一起长大,却是竞争对手。

你无时无刻不在想,如果那个"她"消失就好了。

但若是某一天,"她"真的彻底退出了你的生命,再也看不到了,你又会有说不出的失落。

因为那个敌人,就是世上的另一个你啊。

这一夜,晚上十点三十分,夏媛宸的手机"叮咚"一声响起。

她点开屏幕,是一条来自航空公司的短信。

尊敬的旅客,夏媛宸女士您好,您已成功预定11月20日下午2点从清河飞往尚国首都的机票,机位为头等舱1排A座,请您提前三小时到达值机,谢谢。

深夜的星空,一闪一闪的亮光,如童心般可爱曼妙。

夏媛宸躺在床上,一手枕在脑后,一手摩挲着屏幕,轻轻地绽出一抹笑容。

——我希望你在我看不到的地方,过得很好很好。

晴空万里,树上的鸟儿叽叽喳喳,给幽雅的别墅区增添了一抹鲜活的色彩。

美好的周末,以及……不怎么美好的小少爷。

原昆拿着西服站在一楼大厅,对着蜷缩在沙发里的原英焕无奈地长叹口气,走过去轻轻拍拍他的肩膀道:"少爷?醒醒少爷,你怎么睡在这里?"

他看了眼桌面,空着的饮料罐散乱地放着,泡面盒、薯片袋、辣牛板筋扔得到处都是,地上是手游机。

"好烦啊……别叫我……"原英焕咕哝了一声,翻了个身朝向里面,就想继续睡。

这个桀骜不驯的少年,现在头发凌乱,脸上青黑一片,竟然像个落魄的中年流浪汉了。

原昆突然升起一股心火,直接拽着他的领子把他拉扯了起来!

"要睡回房间睡!你看看你自己现在是个什么样子!"

原英焕整个人被提溜起来,那一瞬间仿佛都蒙了,随即便是暴怒。他直接穿着拖鞋蹦到了沙发上,指着原昆的鼻子怒骂道:"我看你已经不知道自己是谁了吧?你就是原家的下人,凭什么教训我?!真是要疯了啊!一个个的以为我对你们好一点儿就可以蹬

第六章

鼻子上脸了，是吗？！"

"我哪敢这么以为。"原昆被他的手指几乎戳到了鼻子上，却一动不动，面容平静，甚至连眼珠都没转一下，说："夏媛宸小姐不就是最好的例子吗？当初在火场里你拼命救下的少女，现在在学校里备受欺凌，你也不管不顾，哦，对了——这场欺负甚至还是以你为幕后主导的，没有谁会比您更心狠了。"

"呸！你知道什么啊！"原英焕的双目通红，那怒吼声简直能震裂天花板！"你光看到我怎么对她了，是吗？那个死丫头对我有多狠你怎么不说？！只是因为我骗了她啊，她就要跟我分开，她一丝感情也不顾，什么都不肯给我留下——"

"她不是给您留了两座超级商厦吗？"原昆一步踏上前，极冷静地打断了他的话，"就因为她坚持要给您这么大的一笔财富，所以她失爱于她的父亲，所以您才有机会这么欺负她；也是因为她当初顾念您的伤势、顾忌您的谎言，所以她才忍痛和她喜欢的李钟敏少爷分手——啊，对了，您知道那位李钟敏少爷现在怎么样了吗？"

他自说自话地直接拧开了电视机，随便转开一个频道就有《少年将预备役》的重播，里面的人姿态高贵、不可一世，更胜从前，连跟在他身边的小小助理都是充满自信和骄傲的样子。

"关了！你给我关掉！"原英焕看不得这样的场景，从小也是顺风顺水的校园王子级人物，怎么能容忍自己不如他人？

原昆却只是冷笑着看了他一眼，根本不理睬。

原英焕气疯了，直接从沙发上跳下来，"砰"地一下推翻了电视。

耀目的阳光从窗外洒进来，微风卷动华丽飘逸的纱帘，少年低垂着头，呼哧呼哧喘着粗气，头发帘落下来挡住了眼睛，看不清他的神色。

"你打得破电视，但你打不破现实。"身后，再度响起那个讨厌的让他恨不得踩扁的声音——

"夏小姐从头到尾都没有做错过什么，一定要说有错的话，那也只能是对您太好了，所以才会落魄成今日这种样子。不然的话，她应该是风光的季家大小姐，或者是尚国第一公子的女朋友。

"少爷，我真心地希望你能好好反省。我跟你也算是同生共死走过来的，说句不敬的话，我不想看到你一错再错了。"

寂静。

令人压抑地寂静。

原英焕紧紧地攥着拳，一言不发，后背绷得挺拔坚硬。

　　终于，他开口，少年的声音粗粝沙哑："你要觉得她这么好，你就去找她啊，跟那个郑家小公子一起——呵呵，我原家庙小，容不了你了。"

　　"……您如果这样讲，那好吧。"原昆闭了闭眼，回身从沙发上拿起自己的外套，转身就往大门走，当手搭上那纯铜雕成的奢华的门把手上时却略略一停。

　　他侧头，对原英焕轻声说："少爷，您真的以为郑家公子是因为被赶出家门无处可去才不得已到了夏媛宸小姐那里吗？"

　　"……"原英焕倏然转身，问，"你什么意思？"

　　原昆没有看他，似乎是微微叹了一口气，说："郑家董事长一天三个电话在给原总施压，要少爷您适可而止。"

　　"为什么——为什么我不知道？！"

　　原昆回头，对他笑了笑，问："您说呢？"

　　"……"

　　大门关上，原英焕怔怔地、怔怔地站在原地，过了好一会儿，才抬手捂住头，有些脱力地靠坐到墙角。

　　为什么呢？

　　因为患难见真情啊。

　　他的父亲希望夏媛宸能就这样跟郑允文在一起。

　　从此，退出他的生活。

　　日夜颠倒的两天，原英焕把自己关在房间里，直到"砰砰砰"的砸门声响起。

　　"都说了谁也不要找我！让我安静一下！"他捂住耳朵坐在豪华的大床一角，满脸烦躁。

　　"少爷！你出来！我有重要的事情找你！"是原昆的喊声，非常急迫。

　　原英焕放下手，抬起头，脸上已没了那天的倨傲和不屑，取而代之的都是郁闷，说："原昆哥我都明白……你不用说了，再给我点儿时间，等我想想怎么和夏媛宸谈谈……"

　　"别想了，我的天啊！少爷你听我说，不能再等了！"原昆一拳砸到门上，"我收到了航空公司的最新消息，纪秀芝小姐为夏媛宸订了一张飞往尚国首都的机票！是11月20号的！您知道11月21日是什么日子吗？那是李钟敏的生日！你再待在屋里她就要变成别人的生日礼物了！"

　　原英焕呆住，下一瞬他猛地拉开门，瞪大眼与原昆四目相对，嘴唇都有点儿抖。

原昆用力点点头,面容凝重。

"给我备车!去学校!"原英焕趴到白色的实木栏杆边对着楼下大吼一声,三步并作两步地跃下台阶。

此时是下午五点多,正到了清河的晚高峰,卡宴也没长翅膀,只能一步步往前挪。原英焕坐在车后排,已经快要急疯了。

他通过手机定位知道夏媛宸目前还在学校,可她在学校做什么?是不是在和朋友告别?甚至是在准备离校手续?

这种画面浮现在脑海里太刺目,原英焕的眼眶红了,几乎想哭,他偏头看向外面,狠狠地用衣袖擦了把脸,坚硬的皮夹克立刻在他面颊上留了一道红印。可他就像完全觉不到痛似的,脊背僵硬,目光哀伤绝望。

他知道,如果让夏媛宸走了,去尚国了,他俩就真的完了。

郑允文不算什么,可是李钟敏不同,他出身权力世家,是比自己更有势力的存在;他长了一张女孩子喜欢的"小白脸",虽然在原英焕看来跟营养不良的抑郁症患者一样,可架不住女生喜欢;而且,最可恨的是,他得天独厚还拥有着夏媛宸的爱——

虽然,爱情在夏媛宸那里所占的重量并不怎么大。

少年望着窗外重重地吐了一口气,双眉紧锁,开始思考自己以后的路。

他其实很早就发现夏媛宸是个极具奉献精神,信奉正义的明朗少女,她的心思太开阔阳光,所以他当初能那么轻易地赢下李钟敏,就是因为他站在了道德的制高点。

但也是因为这样,他现在才一点儿把握都没有了,他的优势不在了,反而成了夏媛宸心中的"大骗子",该怎么留下她,他真的不知道。

到学校的时候都七点多了,原英焕满操场找她,最后问了同学才知道,她还在食堂忙活。

"夏媛宸!夏媛宸!"他一进食堂就不管不顾地大喊起来。

这会儿管理人员早下班了,只有一些帮工的人目光惊诧地盯着原英焕。

"喂!夏媛宸在哪儿呢?看到没有?"他随手拉过一个保洁大妈问。

"我……我……"东门口的食堂是外包的,也对外营业,里面不少清洁员都是社会招聘的,她们哪认识夏媛宸啊?

"喊什么喊?我们都忙死了,你还有脸来?!"郑允文的声音突然从角门里响起,紧接着就见他抱着一大盆水走出来,后面跟着戴着橡胶手套、拿着抹布的夏媛宸。

夏媛宸则淡淡地看了他一眼,没有吭声。

郑允文却十分愤怒,将水盆"啪"地一下扔到桌上,指着原英焕就骂道:"原英焕

你这么欺负个女生你好意思吗？！我就不明白了，夏媛宸到底哪里对不住你了，你这么对她？！整个食堂三层楼的桌椅让她一个人擦，你们是想累死谁？！"

原英焕脸色难看得很，他忍耐地瞪了眼郑允文，走向背对着自己在擦桌子的夏媛宸，放低声音说："你累不累？别做了。"

夏媛宸一言不发地转过身开始擦另一张桌子。

原英焕攥攥拳，深吸一口气，再次跟过去，低声下气道："我会给你出气的，叫那个宋承慧过来擦完所有桌子，好不好？"

夏媛宸的动作停下，突然扔下抹布，回身看向他，少女才到他肩头，可视线凛冽，气势更是逼人："原英焕，我真的对你很失望，你现在就变成这样一个敢做不敢当的男生了吗？把我整到这个地步是宋承慧自己做到的吗？不是来自于你的授意吗？这会儿是怎么了？你看到我又心软了，所以推她出来当挡箭牌？"

"我没有……"原英焕下意识为自己辩驳。

"你敢说宋承慧变成班长还管理了食堂不是你的主意？！"郑允文直接走过来站到他面前，讽刺道，"你是撒谎成性了吧？"

"我懒得跟你扯……"原英焕目光阴寒，缓缓倾身几乎是贴着郑允文的鼻子道，"你再敢多说一个字，我就把你弄到西山去挖矿。"

"你——"

"要去也是我们俩一起去。"夏媛宸冷冷地接话。

原英焕倏然回头，郑允文的脸上则顿时绽放出灿烂的笑容。

这样不行……原英焕强忍着怒意暗暗对自己说，他要应对的是李钟敏那个真正强大的敌人，可在此之前，必须把郑允文这样烦人的跳蚤赶走。他不能再因为这种人惹夏媛宸不高兴了。

他垂眸，偏棕色的眼珠微微一动，冷不丁问："夏媛宸你真的决定了吗？要去尚国找李钟敏？"

"什么？我怎么不知道？"郑允文果然上当，当即一愣，马上问夏媛宸，"是真的吗？"

"你不知道有什么奇怪的，她凭什么要告诉你？"原英焕迅速插话，讥诮笑道，"我至少还曾跟她有婚约，她当着大家的面正儿八经答应过我的求婚——你算什么？一个死皮赖脸非得要住到千金小姐家的狗皮膏药？"

"你说什么？！"

"哦，对不起，我说错了，还是个自不量力癞蛤蟆想吃天鹅肉的狗皮膏药。"原英

Chapter 06 第六章
报复了，后悔了

焕一脸无所谓地耸耸肩，说，"话说你老是提夏媛宸送我那俩商厦干吗？是不是也想让她送你一个啊？"

"你少在这挑拨离间！"郑允文冷笑一声，目光幽深地对夏媛宸道，"媛宸，你明白我的，我没有那个意思，我绝对不是贪图你的家世背景。"

"我当然相信你……"夏媛宸无奈地伸手安抚他。

原英焕却一把拉过夏媛宸，两手抓着她的肩正色道："相信什么啊？你忘了这个家伙是什么时候起跟你示好的吗？是在你有了游艇的掌控权以后，你当服务生那会儿他正眼看过你一次吗？那时只有我追着你不放，好不好？"

"你那叫追着不放吗？是追打不放吧？"郑允文随手拎起桌上的抹布甩了甩，反唇相讥道，"跟现在的情景也是很像呢！"

"郑、允、文——"原英焕放开夏媛宸，咬牙切齿。

"怎么了？哦，对不起，我说错了——"郑允文扔了抹布，学着他刚才的样子耸耸肩，一脸歉然眼中却全是挑衅地笑道："你那会儿比现在玩得可大多了，擦桌子什么的简直小儿科啊，当时可是把我们夏媛宸直接逼进海里了呢！得不到你就杀死你，啧啧，电视剧看多了吧，原太子？"

他说着，直接越过原英焕走到夏媛宸面前，拉着她的手腕说："媛宸，我希望你不要忘记之前他是怎么对你的，不要忘了你是怎么从波涛汹涌的大海里死里逃生的。他能对付你一次，就能对付你第二次、第三次，你真的要跟这么一个随时会威胁你生命的人在一起吗？"

"我……我看你是找死！"原英焕的怒火烧尽了理智，这个该死的的郑允文，平时不哼不哈的家伙，刻薄起来简直是欠揍到极点！一字一句都是往夏媛宸的心里头扎针。

他脑袋发蒙，四周环视了一下，抄起一把铜铸的大汤勺就要抡过去，管他什么郑家，管他什么郑家老爷子老太君！

下一瞬，就见夏媛宸"噌"地挡到了前面，女孩的眼睛冷静且清亮，一字一字问："原英焕，你又要动手吗？你就只会用暴力解决问题吗？"那语气里，是说不出的烦闷厌倦。

"他得为他的话付出代价——"

"允文说错什么了吗？"夏媛宸冷笑一声问，"他讲的不都是曾经真实发生过的事情吗？"

"你……你……你觉得我会威胁你的生命？"原英焕的声音都是抖的，手里的东西重若千钧。

夏媛宸静静地望着他，一言不发，而挡在郑允文前面的身体，自始至终没有挪动过一步。

原英焕高举着手，浑身哆嗦，心寸寸下沉，他难过得几乎已经无法忍受……可是，瞪着她的眼睛都充血了，也没能把汤勺挥下去，最后，只是"咣当"一声扔了手里东西，指着夏媛宸的鼻子哽咽着怒道："你现在就看我是个坏人对吧？就觉得我虚情假意吗？那你以为他又是个什么好东西！"他的手指倏然转向郑允文！

"那个家伙口口声声说我摇尾乞怜，你知道他又在做什么？他骗你说自己被家里赶出去了你就信了？他骗你说身无分文你就苦哈哈地打工养他？你真可笑！他可是郑家受宠的小公子，他们家的老太君为了他专门飞回来了，现在郑家一天任电话打到我爸那里施压，叫我不要为了个女人伤害世交间的和气，你知不知道？"

夏媛宸惊呆了，几秒钟之后，她下意识转头看向身后的郑允文。

郑允文比她足足高出一个半头，刚刚还高谈阔论，一副"我完全为你好"的绅士样子，现在却是狼狈不堪，不知该如何躲闪她的目光……

夏媛宸已经不知道该说什么了，有点儿想笑，也有点儿疲累。她觉得自己做人是不是真的很失败啊？怎么朋友、亲人都要来骗她，还是打着爱她的名义。那可是"爱"啊，就因为这样，她连生气的资格都没有。

她张张嘴，一口气堵在胸口，一时没说出话来。

郑允文吓着了，看着她渐渐发白的脸紧张地扶住她的胳膊："媛……夏媛宸……你生气的话就打我吧，你骂我吧，可你别——"

夏媛宸轻轻挣开他的手，闭眼扶住了自己的额头，那是个很抵抗的姿态："算了，我没有……没有很生气，我就是累了……你们接着吵吧，随便吧。"

她回转身，低垂着头推开挡在前面的原英焕，不愿碰见同学，一声不吭地就往后门方向走，连服务生制服都没去换。

这一下，原英焕和郑允文都急了，赶紧跟上去：

"夏媛宸，郑允文就是个大骗子，你知道就好了，但你也别太放在心上……"

"原英焕，你胡说八道！夏媛宸，我对你是真心的，你听我解释好吗？"

……

两个人推推搡搡谁也不肯让步，夏媛宸从后门出去一直走到宽敞的大街上，那两个人还在喋喋不休，伴着不远处响起莫名其妙的嗡嗡的发动机声简直叫人烦透了！

"我说你们俩闹够了没有！"夏媛宸忍无可忍转过头吼，"半斤八两谁也没比谁强！通通拿我当傻子！好玩吗？"

第六章

"嗡——"那一声几乎与她的叫喊同时响起，夏媛宸在话音快落地的时候就敏感地察觉到不对了——那声音太近了，太危险了！

一道强光猛地从前方拐弯处甩过来，紧接着是接连不断的四五辆改装摩托，是黑市赛车。那些车手个个都戴着头盔、护膝，全套安全装备，彩色的高大摩托车拉风得叫人瞠目结舌！

——如果夏媛宸不是身处此地的话。

她知道自己完了。

她差不多站在路中央，头一辆摩托车时速估计上了一百六，两秒钟内就可以把她撞飞。她想动，她想躲，但浑身冰冷，完全僵了……

也就是在这时，如灯火闪烁般的一瞬间，她眼角的余光看到自己跟前的那两个男孩动了，郑允文的面部因过于恐慌而显得有些扭曲，他的两只眼睛瞪得极大，朝自己伸出手。而原英焕，从来都是拽拽的原英焕——此时他整张脸都僵住了，紧接着，他没有一丝思考，就条件反射般如一道闪电般朝自己冲了过来！

那短暂的时间犹如慢动作播放，他在看见疾驰的摩托车的刹那间就拔脚了，他抱住了她，将自己的后背留给后面狂奔而来的坚硬的金属——夏媛宸不知道为什么忽然想起他刚才浑身哆嗦着，拼命瞪眼做出一副凶巴巴的样子，却难掩话音里的哽咽的问话："你……你觉得我会威胁你的生命？"

而她，竟然没有回答。

她为什么没有回答？

"砰"的一声，要震破耳膜的声响，原英焕抱着她重重落地，在生死的一瞬间，记忆好像都出现了短暂的空白。

摩托车没有撞到原英焕，却挂住了他的衣服，巨大的惯性将他与夏媛宸一起甩了出去。原英焕在落地时下意识支撑起自己的身体，生怕会压到身下的人，而这一动作直接导致他的右臂关节狠狠地磕到了水泥地上。

"唔！"他抱着她在原地滚了一圈才停下，搂着怀里单薄的人的他浑身都在哆嗦，不知是怕的还是疼的。

夏媛宸伸手摸向他的胳膊，湿乎乎的一片，眼泪一下就下来了，声音颤得简直变了调："原……原英焕你怎么样啊……"

他却死死地搂着她，手臂像钢筋一样僵直。

"原英焕！原英焕！"直到夏媛宸带着哭腔的呼喊响起一次又一次，原英焕才仿佛从那种如梦似幻的感觉里清醒过来。

——手里的人是动的，手里的身体是温的。

她还活着，他们俩都还活着。

"喀喀喀——"一口气骤然松了，他放开她后就是一阵惊天动地的咳嗽声，整个人痉挛着抖动着，仿佛要把肺都咳出来了。

夏媛宸哭得眼泪鼻涕流了满脸，跪坐在地上拼命给他顺气，好半天原英焕的气息才平静下来。

"丑……丑死啦……"他平躺在地，微微喘着气，眼神还有点儿失焦，慢慢对准了上空的夏媛宸，然后笑开，声音虚弱，但语气里却流露出一丝温情的意味："我又没死……哭什么……"

"我才没哭……"夏媛宸哽咽着却还是嘴硬，抬起胳膊用脏乎乎的袖子狠狠擦了把脸，有点儿痛，但痛的好，痛得让她清醒。

幸好他没事。

感谢上天，幸好他没事。

如果让这个不顾性命救了自己一次又一次的男生在这里，在这种情况下永远地闭上了眼睛，那她终其一生都无法原谅自己。

"你起来，让我看看你伤在哪儿了……"她深吸一口气，努力忍住眼里的泪，想搀扶起躺在地上的原英焕，一直沉默地立在旁边的郑允文无言地走过来帮忙。

原英焕不肯让郑允文碰他，可怜巴巴地握着她的手，说："媛宸，你不要生我气了，好吗？"

夏媛宸简直要被他气死，"现在别说这个了行吗！去医院看看你的手！"这一句话说完，她的泪又止不住了。

原英焕被她唬住了，竟然老实得没再闹。

两个人粗略地给他检查了一下，昏暗的路灯下看着，他身上大大小小的伤口竟然有七八处，手臂还不确定是否骨折了。夏媛宸不敢耽误，决定马上送他去看急诊。

但过程并不顺利。

他们站在路边拦出租车，司机隐隐看见这么个血肉模糊的人都拒载，一连几辆都走了，原英焕开始还有点儿吊儿郎当的，后来不知是失血过多还是痛感积累到极限，他的面容越来越苍白，精神也越来越萎靡……

夏媛宸的理智渐趋崩溃了……

她突然一把推开面前的郑允文，对刚停到他们面前，坐在车里一直撇嘴摆手的司机颤声怒吼："你知不知道他是谁！他是原氏企业的独生子！我是北方季家的长女！你再

第六章

废话耽搁时间我就要你的命！"尖厉的声音几乎带了可怕的破音。

一时间，连周围的空气都沉寂了。

郑允文被推到一旁，怔怔地望着她，说不出话来。

打从夏媛宸来到精英学院起，始终是一副谦和淡然的姿态，她跟纪秀芝、原英焕之流不同，她从来不会用身份压人。这好像还是他们认识这么久以来，他第一次听到她说：我是季家的长女。

——为了那个男孩。

心底突然有种恐惧的感觉如海草般飞快蔓延，夏媛宸，你是真的不爱原英焕吗？在经过那么多次生死一线之后，你就真的一点儿都不爱他吗？

市立医院急诊室。

原英焕坐在病床上，右臂架在膝盖上被重重包裹，暂时固定，其他的伤处都不严重，他的脸色看起来依旧不好，但更多的却像是郁闷。

郑允文抱肩站在房间一角，面色也是闷闷的。

过了一会儿，夏媛宸拿着CT（电子计算机断层扫描）片进屋，看到这两个人时顿了顿，沉了沉气才保持平静道："骨头没事，但是伤口要缝合，待会儿医生就过来。"

"你会陪我吧？"原英焕一脸不高兴，明明大男生的模样却非要耍小孩子脾气，左手指着郑允文就说："不过你让他走，现在就走！"

"谁想待在这儿啊！"郑允文脸色难看，忍了忍还是憋不住，他几步走到夏媛宸面前，手轻轻扶住她的胳膊，眼神努力更温柔地说："夏媛宸，咱们走吧，现在都这么晚了，他不是也没什么事了吗？"

夏媛宸看着他，目光平定，却慢慢挣脱他的手，问："走？允文你还要跟我回家吗？不去看看从香港专门飞回来的老太君？"

原英焕咧开一口白牙乐了，才要张嘴落井下石，就见夏媛宸已经转过脸，扯扯嘴角道："你也不用笑，两个人半斤八两吧。正好你待会儿还得缝个十针八针的，就让他陪你吧。"

"什么——"两个男生异口同声地大声道，互相瞪大眼对视了一下后，又同时转过去斩钉截铁道，"我不要！"

"不要的话以后就谁都别来见我了！"夏媛宸更大声地吼了回去，"想想你俩干的那些事，还跟我谈条件！"

"……"

"……"

两位要风得风要雨得雨的少爷同时被骂得哑了声,撇着嘴背过脸谁都不理谁了。

夏媛宸叹了口气,拿起外套,脚微微有些跛地慢慢出了门。

她是故意躲开的,她现在没有办法面对原英焕,也不想听郑允文再说他的坏话。原英焕就算有千错万错,但对她的一颗心是真的——晶莹剔透,无可替代。

而且他似乎不一样了。

刚才的场景再次浮现在眼前。

护士和急诊医生推着担架车拼命往前跑,已经提前收到原英焕身体情况的大夫忍不住对他埋怨道:"你右臂原先就有旧伤,为什么这次还要用它着地?出问题了怎么办?!"

夏媛宸一直在旁边跟着车跑,听到这话捏着被子的手猝然一紧,但随即就被一只冰凉的手覆盖了。

是原英焕,用他的右手。

"没事的,夏媛宸。"他躺在那儿,瞪了医生一眼,然后用有些脱力的低沉语音说,"我那只手本来就受伤了,关节一直发麻,不太感觉得到疼的……"

安慰的话,却像密集的小针猛地扎进夏媛宸心底最柔软最脆弱的地方!那疼痛来得是如此剧烈乃至猝不及防,几乎让她一瞬间透不过气来!

这样的抚慰,真的,不如不要。

她怎么会忘记他的右臂肘部是为何受的重创,那是他替她硬生生接下了一块还挂着钢筋的石板,那石板就落在她头顶上方二十厘米的位置,当时她以为自己死定了——可是他赶过来了,他伸出手,代她痛,代她承受一切苦难。那粗粝的从胸腔深处发出的压抑的痛吼仿佛还在耳边,她还记得自己死里逃生后呆呆地放下抱住头的手,抬起脸,入目的是少年满脸鲜血和着汗水的脸,狰狞而决然……

他当时说什么来着?

没事的,夏媛宸。

跟今天一样,没事的,夏媛宸……

你可曾听过一个故事,叫弃车保帅。

因为感受不到疼,所以选择放弃右手。

因为觉得自己不重要,所以选择用他的身体、他的生命替她挡下一切危难。

在这个少年心里,他的右手是车,他也是车。

可是原英焕啊,你为什么忘记了,你根本不是什么无足轻重的人啊……

第六章

报复了，后悔了

"你是南方六省未来最富有的继承人。"

夏媛宸怔怔地走出医院大门，脚下一个趔趄，突然跌倒在地，下一刻，她捂住脸痛苦地哭出了声来……

原英焕……

你为什么要这样……

你怎么就不能坏到底，让我能对你心狠到底呢……

第七章
那些少年教会我爱

在家里浑浑噩噩地度过了两天，两日后，夏媛宸扣倒桌上的日历，认命地换了运动服出门——清河学院一年一度的秋冬运动会如期而至了。

夏媛宸的脚还没好利索，站在跑道前就发怵了，但体委显然是不会同意换人的，她只能硬着头皮上。

唉，愿上帝保佑……她抬头看了眼天，默默地在心里说。

"高二（1）班加油！高二（1）班加油！"

"高二（4）班加油！高二（4）班加油！"

"好的，大家现在可以看到经过三圈的比拼，我们女子一千五百米已经拉开了距离，目前领先的（3）班和（4）班——哦！（6）班在奋起直追了！不过我们的（1）班好像冲劲不足啊，这位女同学早上忘吃饭了吗……"主持人故作幽默的调侃却换来（1）班上下对夏媛宸的一片骂声。

"什么啊，让我们在这儿陪你丢人吗？！"

当夏媛宸艰难地跑到观众台附近时，一群男生趴在围栏上一脸凶相地叫喊：

"还不快跑快点儿！你垫底了啊，乌龟！"

"是不是想喝点儿水啊？我要不给你点儿？"一个男生竟拧开自己喝过的矿泉水冲着夏媛宸一股脑儿泼了出去！

"你——"夏媛宸赶忙往旁边闪避，疲惫下险些摔倒，可从上而下的水流还是溅了大半在自己身上。

"喂，你会不会太过分了？当着这么多人面泼水？她好歹还是季家的女儿而且原少爷……"有人在旁边小声劝洒水的男生。

那男生却一把推开劝自己的人，得意扬扬道："怕什么？季家早就不认她了，而原少爷现在还会在乎她？你看看她，哪有一点儿比得上我们的宋承慧？"

宋承慧披着一身娇俏的橘色羊毛小披风，大牌的裁剪，纤薄的质感将她的身材包裹得玲珑有致。听到男生的话，她拿着精致小指甲刀修手的动作微微一停，抛来个风情万种的眼神。

那男生顿时更起劲了。

夏媛宸无暇理会看台上那些糟心的画面，事实上现在她耳膜都要被咚咚咚的心跳声震破了。

上帝今天似乎没在家，她觉得自己快要翘辫子了。

一千五百米的距离，对普通女生来说本来就是极大的负担，何况她还有脚伤。其实她那天被原英焕保护得很好，脚只是微微扭到，估计养上几天就会好，可是今天这几圈

第七章

跑下来,她觉得脚越来越痛,那种痛甚至都蔓延到她的腿、她的膝盖,让她一时都分不清自己伤在哪儿了……

她的脸色越来越白,豆大的汗珠不住地滴下。

"呼……呼……"呼吸越来越粗重,眼前的世界已经天旋地转,她咬着牙强撑着,马上就要到了,最后一圈了……

"啊!"几个矿泉水瓶突然从跑道边滚了出来,夏媛宸根本没有精力注意,一脚踩上去狠狠地跌了出去!膝盖一下擦过跑道,顿时划出一道七八厘米长的血口子,她痛得眼泪当即就流了出来。她不是想示弱,更不想在那些坏人面前丢脸,可真的太疼了,太累了。

"还跑什么啊?没见到我们垫底了吗?"

几个男生抱着胸走了出来,有他们班的,也有外班的。夏媛宸抬起头,红着眼睛瞪着他们,身体气得微微哆嗦。

"还敢瞪我们?像个乌龟似的……"方才和宋承慧眉来眼去的那个男生扬手就要过去推她!

夏媛宸愤怒了,这些臭家伙,除了欺凌弱小还会做什么!

跟他们拼了!

"你们——是不要命了吗?"身后,突然传来冰冷的问话,因为过于愤怒而保持的平静,反而显得有些压抑得可怕。

几个男生慢慢转回头,挥舞旗子催促的裁判定在了那儿,周围嬉闹的人群安静了,一时间像是风都凝固了。

看台上的宋承慧不安地站起身,叫了一声:"英焕啊……"

而原英焕,根本看都没有往观众台上看一眼。

他穿着一身墨绿色裁剪合宜的长风衣,脖子上搭着浅米色的围巾,一步步走过来,在夏媛宸面前停下,居高临下地问:"你有没有什么话想说?"

又来这套?

等着她求饶?

夏媛宸坐在地上冷笑一声,亏她还以为他已经有所改变,结果怎么还是这样?

这种历史的重复上演让夏媛宸厌烦,她直接说:"没有。"然后坦然地等待接下来的嘲笑和奚落。

"是吗?"原英焕却定定地看着她,"那么我有。"

在短暂的停顿后,少年突然当着全学校师生的面,当着被学生会邀请来的众多本地

媒体和赞助商的面,当着身后原家的保镖和司机的面,沉默着单膝跪地。

"咚",特别轻,特别轻的一个声音,却像个惊天雷似的炸开!

疾风中全校哗然,观众席上无数人立起,争相眺望。

"你……你干什么啊!"夏媛宸也惊呆了,手撑着地下意识往后挪了一下,随即忙去扶他,"你起来!你站起来再说!"

"我就这么说吧。"原英焕低着头,保持半跪的姿势,右手扶在自己膝头,左手轻轻拨开了夏媛宸的手,"我发现我真是不聪明,每次和你闹别扭,想让你吃点儿苦头,可到最后那苦头都让我尝到了千百倍。你疼,我比你疼,你流血,我几乎要掉块肉赔你。所以算了,我认输。"

他抬起头,眼神清亮,仔细看甚至微微带了点儿水光:"我现在向你认错,当着大家的面跟你认错——我不该骗你,不该罔顾你的心情,不该以那种方式强迫你从姓李的家伙身边离开。我自私,我坏,可是……我喜欢你——夏媛宸,你能原谅我吗?"少年苦笑一下,眼神明亮,眉目清朗,露出一口白牙。

"哇!"

"噢!原太子!原太子!"

"天啊,这不是真的吧?!"

整个操场在这一刻简直都沸腾了!

校长在主席台上拼命敲麦克风警告也没有一丝作用,全校学生都在挥舞着手里的衣服呐喊,当地的媒体记者扛着摄像机拼命想往前跑,对着他们的闪光灯闪成一片,又被保镖拼命拦下!

最后,那所有的呐喊都汇成了一个声音!

"夏媛宸!"

"夏媛宸!"

"夏媛宸——"

眼前的世界彻底乱了,她一直自认是个普通的女生,却因为原英焕成了全校的焦点,成了全民女神。

这个视世俗为无物,嚣张自大又任性的家伙!

夏媛宸眼睛有些湿润了,恨得咬牙切齿,一拳打过去,却被少年的手完全包裹住……

他的手心滚烫滚烫的,亮晶晶的眼睛望着她,痞里痞气地说道:"不说话就当你原谅我了哦?"

Chapter 07
第七章

"好啦。"

他弯腰，将摔倒在地的夏媛宸打横抱起，当眼角余光瞄过旁边挤在一堆瑟瑟发抖的几个男生时，眼底快速闪过一道冷光，"把他们处理了。"

"是。"保镖们齐齐答道。

他不再理会后面一片哭爹喊娘的告饶声，抱起夏媛宸大步往门口走去。

殷红的鲜血渐渐透出衣服，晕染出一片浓重的绯色，一滴一滴，洒在操场上。

远处，似乎传来两个人模糊的对话，伴着风声。

"喂，原英焕你胳膊在流血！"

"没事，你腿不是也受伤了。"

"那跟你有什么关系？快放我下来，神经病！"

"我就想记住这个教训。以后，你的每一个伤口我都要比你更痛，这样我就不敢再轻易让你受伤了。"

"……"

好像，有谁落泪了。

从什么时候起，你发现这世界上有了一个人，他比你还要珍惜你自己。

为了你，他不惜自己的健康，不惜自己的性命，最后，连尊严都放弃了……

十八岁的少年啊，就这样低下了高贵的头。

清河夜市。

街头的麻辣小龙虾摊子里，简陋的蓝色雨篷下，原英焕毫无形象地撸起袖口，叼着一只红彤彤的小龙虾吃得酣畅淋漓。

刚出锅的虾子啊，还滋滋地冒着热气呢。他吮吸了一口汤汁，烫得一边叫唤，一边还拼命往嘴里塞。

"哎呦，这东西太好吃了，不科学啊！"

夏媛宸看着他那样已经无语了，头疼道："喂，你刚缝完针能吃这些东西吗？这是辣的，还是发物——"

"你不是叫我来……"一串含糊不清的话语。

"什么？"夏媛宸无奈凑近。

原英焕张着手捧起可乐，咕嘟咕嘟灌了几大口，把嘴里的小龙虾、烤馒头以及牛板筋硬咽了下去，然后才满足地抹嘴一笑，说："你不是叫我陪你来买吗？"

"我是让你陪我——"夏媛宸着重咬字，一脸郁闷地说，"可我是吃这些东西长大

的啊,无所谓啊,你那娇贵的胃不行吧?万一吃出什么问题来,原董事长岂不是得恨死我?"

"他已经恨死你了啊。"原英焕一副幸灾乐祸的模样。

夏媛宸面无表情地捧起那盆新上的带着红油汤汁的龙虾,对准原英焕。

"哎!别别——"原英焕有点儿紧张,下意识抬手挡在脸前。

这姑娘可是敢冲进国际佣兵组织控制的工厂去救弟弟的"女中豪杰",泼他一脑袋龙虾还不是小菜一碟?可别把他帅得天怒人怨的一张美颜给毁了……

"嘿嘿……媛宸啊,咱得这么想,你要我爸爸喜欢你有什么用呢?你又不想当我的后妈,对不对?"他慢慢放下手,讨好地拽着自己的凳子往前凑,想握住夏媛宸的手,可立刻嫌弃地挥手驱赶。

原太子噘嘴,委屈地分开手指逐个舔了舔……

没错,他舔了舔……

夏媛宸嘴角抽搐,只觉得自己整个人都不好了,抖着手指指着他道:"你给我离远点儿,距离我一米范围以外,听到没有……你太恶心了,也是大家族长大的,餐桌礼仪学到哪里去了?"

"跟你还讲什么餐桌礼仪?"原英焕无赖地一笑,倒是老实地拉着椅子后退,接着剥虾,嘴里絮絮叨叨着,"将来我们要在一起很久很久的,你会发现我有很多坏习惯,什么睡觉打呼噜啊,打游戏时鬼哭狼嚎啊,多了去了!整天装着少爷范儿我可装不来——对了,你要是想一直淑女下去我倒是没意见。"

他翘起兰花指,妩媚地抛了个眼神。

夏媛宸憋不住偏头乐了。

"喏,吃吧。"视线下突然推过来一个盘子,不锈钢的质地,椭圆形,上面散布着一层大小不一的龙虾,有的断头,有的没尾巴,都挺难看的,挺让人没食欲的,可是却弄得干干净净,每一只的虾线都细心地挑了出来。

夏媛宸沉默地看着,一时间竟说不出话来,嗓子里酸酸的。

"吃呀。"原英焕看她不动,把盘子又往前推了推,用左手托了托右臂。夏媛宸知道他右臂上还有一道缝了七针的伤口。

"吃完就早点儿回去休息吧,原英焕。"她安静地拿起筷子一只只夹了虾肉放到嘴里,突然抬头说道。

"干吗?嫌我烦啦?你就只是陪我去医院重新包了包伤口呢——"原英焕不太高兴地咕哝道,"而且这里好多吃的我还没吃到呢。你看那儿,那个铁板煎,还有那边,写

第七章

的炒酸奶？酸奶可以炒吗？"他伸长脖子指指点点，一副兴致勃勃的模样。

"我们来日方长的。"夏媛宸叹了口气，打断了原英焕的话。

原英焕的身体略略顿住，半背对着她，手还遥指远处。

夏媛宸起身，脚有些跛地走过去，站到原英焕旁边，轻轻按下他的手，说："你不用担心，我今天既然当着全校同学的面和你走了，我就不会反悔——原英焕，我回到你身边了，以后我们会有许许多多的时间出来尝试各种各样的东西，你不要急在这一天，不要让我担心。"

很轻的声音，透着少女特有的柔和，但是从夏媛宸——这位北方季家长女，坐拥巨大财富却又主动放弃，心思细密果决无人可比的传奇女生口中说出来，却又有一种别样的郑重和沉肃感。

好像到现在……

才有了那么一点儿真实的感觉……

原英焕低垂着头，一动不动，好半晌，才带着一点儿鼻音，一点儿委屈，说："你说话算数？"

"嗯，算数。"

"我特别讨厌你，夏媛宸，你知道吗？我求了你多久，你都不肯回头，你这个丫头心太狠了。"

"……对不起。"明明先做错的不是她，却是她道歉。

"以后别再离开我了，行吗？"

"看你表现吧。"她揉揉他的脑袋，有些蓬松的栗子色头发。这个动作有点儿像对弟弟或者是小朋友。

原英焕当然不乐意，恶狠狠地将她的手拽下来，说："想看表现是吗？好啊，走吧，今晚我还真有大行动呢！"

他一挥手，气势万分地对守着大炒锅卖力地在翻炒龙虾的老板喊："买单了！"

"喂！你又想干吗啊？还大行动？我警告你不许胡闹了！"夏媛宸被他扶着一拐一拐地往夜市门口走，心里突突直跳。

"我就不能干点儿好事吗？"原英焕不耐烦地说，"你就快走吧，别瞎操心。"他嘴上这么说着，但手上的动作却轻柔无比。

当然，事实证明原少爷是干不了什么好事的。

司机载着他们一路回到夏媛宸的家，一到自家楼下，就看到一水儿豪车顺着街道绿

化带排开，昏黄的灯光照着忙碌匆匆的人们。

"慢点儿，慢点儿，那可是郑允文少爷的书包！"

"小心啊！那是郑少爷的衣物和行李！"

"注意了，让开让开，这是郑允文少爷用过的浴缸！"

"帮忙抬一下！这是郑少爷睡过的床！"

嘿哟嘿哟，呼哈呼哈，一片生机勃勃热火朝天的搬家盛况啊。

郑允文穿着毛线外套，踩着拖鞋，依旧是很居家的模样，可是鼻子都快被气歪了，他抓住了这个又放跑了那个，每一个人都彬彬有礼地跟他说是来帮他搬家的，可他郑允文什么时候说要搬家了，他在夏媛宸这里住得很舒服好不好！

忽然，他眼珠一瞪，发现了罪魁祸首。

"原英焕！你给我说清楚，怎么回事啊！为什么来了这么多原家的随从，谁叫他们搬我东西！"他大步冲过来，一副气炸了的模样，高瘦的身材也颇有些吓人。

"哎哟——我手还有伤呢，不跟你打，不跟你打——"原英焕立刻做虚弱状躲到了夏媛宸的身后，仿佛被郑允文的"气场"所伤，捂着胳膊，不胜其痛似的。

夏媛宸怔了怔，下意识把原英焕护在身后，随即就觉出不对，狠狠瞪了一眼那个装腔作势的家伙。

"媛宸，你为什么……为什么又和他在一起了？"郑允文停在两个人面前，仿佛觉得不可思议，又夹着些愤怒，指着原英焕恼道，"是你搞的鬼，是不是？看你那假惺惺的样！你又骗夏媛宸什么了？！"

"允文，你冷静点儿，先别吵好吗？"夏媛宸忍不住将他推远两步，真怕他会忽然对原英焕动粗，无奈道，"他身上真有伤，你也知道的，不是吗？稍微忍让一点儿吧。"

郑允文："……"

原英焕："……"

两个高高大大的男生四目相对。

下一瞬，原英焕捂住胳膊，急促又剧烈地连连喊道："啊——啊！不行了，真的很痛！是伤口又裂开了吧？媛宸你快帮我看看。"

这还是他在面对郑允文这么久以来，头一次从施暴者的角色转换到柔弱的需要被保护的角色上，没想到站到夏媛宸身后的感觉是这么——这么好啊！哈哈哈！果然在争夺夏媛宸的战役中，就应该坚持柔弱路线一百年不动摇！

"白痴……你按错胳膊了……"夏媛宸面无表情，只有胸膛快速起伏着。

第七章

原英焕低头看了自己一眼，迅速捂回自己的右手，略微尴尬羞涩地一笑……

夏媛宸头痛地压了压自己的太阳穴，抱肩挡在两个少年中间道："说说吧，大晚上的你们这是闹什么呢？扰民啊？等着物业来骂我吗？"

"还不都是他！"郑允文说起来就咬牙切齿，指着原英焕又想扑上来，"这家伙私闯民宅啊！打砸抢啊！简直目无王法了！还叫下人随便乱扔我的东西！你是土匪吗！"

"哎，no（不）no——"原英焕伸出一根手指啧啧两声后摇了摇，说，"首先我没私闯民宅，我进的是我未婚妻的家，是原家的管家拿着主人的钥匙开的门。第二，原家可没有人敢随便扔郑少爷的东西，不怕你们家老太君啊？我是派了车队来帮您老搬家的哦，把您妥妥当当送回郑家。第三，打砸抢我更不敢当了，我砸夏媛宸的家不就是砸自己的家吗？吃饱了撑的呀？我呢——不过是派了专业的施工队到你暂居过的那屋，嗯，也就是客房，对浴缸、洗手台等不易搬动的东西做了专业的拆卸……"

他慢条斯理地解释，脸上始终挂着温温柔柔、气死人不偿命的笑脸。

"你……你……"郑允文咬牙攥拳，额头青筋直跳。

"允文。"

夏媛宸忽地冷冷淡淡地叫了一声。

她慢慢转过身，完全背对着郑允文，盯着原英焕，那眼睛跟X光扫描似的。

原英焕被看得有点儿慌，不自在地移开目光。

"我问你，你哪来的钥匙？"

"呃……我……"原英焕抖了抖，支吾着。

"说！"夏媛宸怒吼。

原英焕浑身一个激灵，迅速道："我从你兜里拿的，就是背你那会儿——"

"你那是拿吗？那叫偷！"夏媛宸不敢置信地瞪大双眼，指着原英焕隔空点了好几下才深吸一口气继续道，"原英焕，你可真是越来越有出息了！行，那我问你，你干什么要给允文搬家？他同意了吗？"

这次原英焕看起来就理直气壮多了，一挺胸道："笑话！他住到我的未婚妻家里来，我同意了吗？"

夏媛宸面无表情地抬起手，随时要打下去的姿态。

"嘿嘿，玩笑玩笑。"原英焕举起双手，讨好地笑了一下，思忖着说，"我这不是想着，咱俩都和好了，允文进进出出的也不方便吗？这个——金窝银窝不如自家的狗窝，何况郑家还有个老太君等着他这个乖孙呢，对不对，小郑少爷？"

郑允文气得直笑，碍于夏媛宸挡在前面也无可奈何，只能恨恨地骂道："你家那才

是狗窝呢!"

夏媛宸有点儿讶异地回头望了郑允文一眼,允文像是意识到自己的失态,忍不住别过头。

她回头对原英焕道:"那我家的浴缸呢?洗手台呢?还有那张实木大床呢?"她指着工人稀里哗啦往外抬的那堆东西简直气不打一处来,"原英焕,你这是要拆房子吗你?!"

"怎么会!"原英焕拖长音调,凑近了点儿,一本正经地说,"我这不是怕小郑少爷在这里住了几天,对这些东西都有感情了吗?干脆全体打包都给他带走,省得他在郑家思念呀!"

夏媛宸长叹了一口气,转身对允文说:"咱们去那边吧,我也有话要和你谈谈。"

郑允文微微握拳,又放开,无声地点点头。

两个人一前一后往昏暗的绿荫处走去,原英焕不甘心地想跟上,马上被夏媛宸警告地指指,只得不高兴地停在原地。

"看什么看啊,还不快点儿搬!人家老太君等着孙子吃饭呢!"他大吼一声,直接把气撒到"工人"的身上。

"是!"那些西装革履的人齐刷刷答应一声。

"快搬快搬!"

"那边,装了车开走吧!"

后面闹哄哄的,夏媛宸和郑允文拐过一条街才把那些声音甩掉。

她走着走着,感觉到后面的人停下了,夏媛宸转过身。

灯光透过疏疏密密的树枝,在允文的脸上打下了斑驳的暗影,照得少年的表情晦暗不明。

时光过得飞快,一转眼,认识他都快一年了。郑允文的相貌其实没有很大的变化,改变的只是神态。

依稀记得他在汽船上第一个端起杯子向她示好,彼时少年,眉目开朗,笑容阳光……他说:"谢谢,夏媛宸!没有你我们可惨了,要饿死在海上喽。我以茶代酒敬你一杯啊!"

也还记得他突然来到快餐店,用有些温柔、有些伤感的语气对她说:"夏媛宸,我的勇气可能只有一次,你愿意接受我的保护吗?"

再就是他一步步、控制不住地在她身边越陷越深。为了她,挡到了张希德和江陵的面前,为了她,不断地和原家的太子爷起冲突……

他一天比一天更喜欢自己，也变得一天比一天不快乐。

为什么要这样？

她值得吗？

她这样想着，却忽然听到头顶上传来声音："当然值得。"

夏媛宸一惊，猛然抬头，这才发现自己在恍惚间竟然问出了心里的话。

"是我不够好……最终配不上你。"他的眼神落寞而伤感。

"怎么会——"夏媛宸忍不住握住他的手腕，心里难过，"你方方面面都比我强多了，我有什么啊？允文，咱们现在都在学校，见到的就是这些人，你以后毕业了，去大学了，会遇到比我优秀得多得多的女生，真的。"

"再优秀又怎么样？也都不是你了啊。"允文苦笑，轻轻挣开她的手，说，"这段时间经历了这么多，我真的发现我是否比你强根本不重要，重要的是我要比我的竞争者们强，可惜无论是原英焕还是李钟敏，我都比不过啊。夏媛宸啊，你明白我的那种感受吗？我怎么就是不如他们呢……"

心底像是有只小手的拉扯，酸痛。

夏媛宸想劝，想安慰，又不知该如何说起。

微风吹过，撩起她几缕发丝。

郑允文伸出手，很小心地将她散乱的头发给她别到耳后，他的声音低低的："其实那天原英焕在摩托车旁边救下你我就有感觉了，我想你可能会原谅他，会回到他身边。毕竟你那么善良。"

这样的话，她似乎无论怎么回答都不对。

夏媛宸想到自己在危急一刻忍不住对郑允文和原英焕下意识地进行比较，想到自己那晚有意无意地对原英焕的关怀和对允文的疏离，她当时真的是有一种隐秘不可言说的念头吧——允文对她的心是不如原英焕的。他不像原英焕，为她可以付出一切。所以，允文口中那近乎懊悔自责的话，不仅有家庭和财富的考量，也包括一颗心吧。她那时又何尝不是这么想的？

可是冷静下来，她真的觉得她错了。

他们都错了。

无论是原英焕还是郑允文，似乎都陷入了一个怪圈，他们其实都没有义务为她这样奉献。

"允文，我是欠原英焕许多，可我也欠你很多。"夏媛宸抬起头，少女的眼睛里严肃而诚恳，"你对我已经够好了，足够了，我一辈子都不会忘记的……"

"那你更加一辈子都无法忘记他,对吗?"郑允文突然打断了她的话,脸上的表情淡淡的。

夏媛宸微微启唇,无言以对……

郑允文望向远处,吐了口气,笑了,再转回头时目光中已换上温和和包容,说:"夏媛宸,一辈子很长的,你不能仅仅靠感激和歉意过下去。补偿可以有其他方式,不一定要用你的人生啊。如果真的要在他们两个人之间选一个,我更希望你能和自己真正喜欢的人在一起。"

他握了握拳,深深地凝视着她,仿佛在做什么艰难的决定。

然后,退后一点儿,又退后,蓦地对她招招手,转身一步步朝相反的方向走——一步一步,不回头。

"我不想放弃你,但我知道我留不住你,媛宸。"

"你以后要好好的,开开心心的,不管和谁在一起。"

清瘦的背影,渐渐融入黑暗,那声音越来越小。

"别跟来了,我怕我会抓住你,再也不舍得放开。"

……

夏媛宸看着他越走越远,夜风吹过来,觉得脸上有点儿凉,抬手一摸,才发现自己不知何时居然哭了。

然后,那抽泣的声音越来越大,到最后,甚至有些止不住了……

在清河无数同学的眼中,可能郑允文就是她的一只"备胎",是她在落魄时、无助时,迫于无奈选择的救命稻草。

但是她知道不是,允文也知道。

他们在彼此最需要温暖的时候温暖了彼此。也许那种感情并没有发展为爱情,但他们互相都付出了最大的真诚。

那些少年陪伴我成长,

那些少年教会我爱。

他们走过我的身旁,

他们留在我的心上。

夏媛宸回去的时候眼睛是红的,一溜儿的车都撤走了,只有原英焕穿着干净清爽的墨绿风衣、米白长裤,长身而立,夜灯下显得明朗而俊雅。

但夏媛宸知道这只是这家伙不说话也不动时的假象,事实上他就是个上山下海,绝对老实不了的混世魔王。

她远远地停下了脚步,吐了口气,揉揉眼睛。

原英焕慢慢地走过来,一手插在兜里,垂眸看着她。

"你这是忙完了?"她没好气地问,声音里还带着沙哑。

"你这是还没忙完?"他痞里痞气地问,嘲笑的意味藏不住。

夏媛宸的动作一顿,抬起头,说:"原少爷,你就不能稍微绅士一点儿吗?这时候不是应该给女孩擦擦眼泪之类的吗?"

"开什么玩笑?"原英焕翻了个白眼,抱着胸吊儿郎当地道,"你这可是给别的男生流的眼泪欸!我不修理你们就不错了。"

夏媛宸的神色一变,指着他,声音都冷了几分,说:"你敢再去找允文的麻烦试试!"

"知道知道。"看她真的变脸了,原英焕赶紧握住她的手,当然马上就被打开了……

他低头郁闷地用脚尖踢踢地上的小石子,哼唧道:"你当他好惹啊?没发现他现在都不怕我了吗?我告诉你,他家那个老太君原来是港督的女儿,跟我妈都沾亲带故的,论辈分我要叫她一声姑奶奶呢!我以前都不知道,这种老人家我可惹不起,就盼着郑允文回家不要告我黑状,我就阿弥陀佛了。"

"原来是这样……"夏媛宸怔住,从兜里拿出钥匙,返身往自己家慢慢走,自言自语似的,"怪不得他刚才那个态度……"

原英焕自发地厚颜跟上,没话找话:"是啊,我们以前都小瞧他了,这家伙要是放到香港那边去,也是正儿八经的小太子爷呢。"

"嗯。"夏媛宸抿唇笑了,走进楼道,在暖黄的灯光下笑容柔软又秀美。那样善良的少年,不该因家庭而在面对任何人时感到自卑。

原英焕瞧着她那样忍不住吃醋,哼了一声说:"喂,他好不好的跟你有关系吗?看你笑得那么甜,不知道的以为你多想嫁入豪门呢。"

"我想啊。"夏媛宸拧开了自家门,歪了歪头示意原英焕进来,嘴里不太在意地说,"你见过哪个傻瓜不喜欢钱的?"

原英焕怔了一下,忽然就不说话了,安静地蹲下身换拖鞋。

夏媛宸也没在意,自顾自地去吧台倒水,身后蓦地响起了闷闷的声音:"见过啊,这不是远在天边近在眼前吗?"

夏媛宸握住透明玻璃壶把手的手在空中略略一停,回头淡淡一笑,说:"我……我

也不是不喜欢吧,只是不强求。"

"对,因为你家就是最大的豪门嘛。"原英焕勾唇,拿起玻璃杯将水一饮而尽,跳上高脚椅,将玻璃杯"啪"地一下放到了大理石台面上。

屋里的气氛莫名变得有点儿沉闷。

少年转着杯子,叹了口气说:"其实以前我特别希望你就是个真正的抹布妹,靠打工赚的那块儿八毛的钱过日子,随便来个有钱人对你勾勾手,你就巴巴地跟着走了——对了,就像宋承慧那样,哈哈哈,那多好啊,不会有人来跟我抢,我也不用担心你随时走掉了。"

他在不经意间用了一个很令人难过的词,让夏嫒宸的心都跟着颤了一下……

她以为自己最终选择留在原英焕身边会让他感到幸福,会是一种弥补,但或许根本不是这样?

她的态度总是若即若离,她轻易地放开过他的手,如今,造成了原英焕极度缺乏安全感的心理。

她两只胳膊撑在吧台上,轻轻侧身用余光忧虑地望着他,而原英焕面朝露台的方向,望着漆黑的夜发呆。

"但是,我后来想了想,这对你会很不公平吧……我这样的浑蛋,如果没人制约,没有顾忌,一定会狠狠地伤害你,走到你永远都不会原谅我的地步,到最后,悔恨的还是我自己。"

低低的声音在这安静的空间里流淌,少年的声音有一点点哑,莫名地感伤,夏嫒宸不知道今天自己是怎么了,好像特别容易……

她佯装不在意地别过脸,用手背蹭了下眼睛。

一只手却轻轻握住了她——

她抬头,正对上原英焕一双时刻上扬的眸子,没有了往日的桀骜不驯、飞扬跋扈,只余一种风浪过后的庆幸诚恳。

"所以,我由衷地感谢上帝他老人家,让你生在季家,让你是季子山的女儿,让我在最得意嚣张时得到迎头的一次痛击。"

他一字一顿道。

"我也谢谢所有来跟我竞争的男生们,因为有他们的存在,我才能时时警醒自己,让自己对你好一点儿,再好一点儿。"

"夏嫒宸,你等着看吧,以后不会再有什么原太子妃了,世界上只有夏嫒宸公主,而我往后的人生,最大的追求,就是能成为你的驸马。"

夏媛宸静静地望着他的眼睛,漆黑的眼珠里专注的、满满的都是她的身影。

年少轻狂时,鲜衣怒马,我们总以为世界都是我们的。

于是,一个肆意伤害,一个任性来去,留下了无法磨灭的伤口。

幸好,你始终没走。

幸好,你一直都在。

夏媛宸不知道允文说得对不对,不知道自己的决定会不会让自己往后的生活更难挨。她只知道,如果她不这么做的话,她现在就会很难过,很难过了。

第八章

为你做的所有努力

夏媛宸以为以原英焕的无赖性格,一定会借着心灵受伤、身体受创等各种奇葩理由死皮赖脸地赖在她家混一夜沙发睡的,没想到那小子在做完深刻检讨忏悔后居然主动地要求走了!

What(什么)?夏媛宸一脑袋问号地送他出了门,心想这家伙转性了?

而她不知道的是,原英焕在回家后也没有进房睡觉,而是直奔洗手间,站在自家金碧辉煌的盥洗室里对着巨大的镜面比了比拳。

"喂!成败在此一举了!"他吼了一声。

原昆目光呆滞地站在门口,他半夜出来倒水却看到了这样的一幕,像看神经病一样看了原英焕一眼,又默默走了……

早上七点半,原家大宅惊醒在原妈妈的一声惊叫里——

"啊!英焕!你怎么在这里?这是干什么呢?"原妈妈才一拉开门就看到有个东西滚了进来,定睛一看不是自己的儿子吗?

她忙俯身推他,埋怨道:"你在我们屋门口坐着干吗?韦德,韦德你来看看他!"

"妈,我没事。"原英焕睡眼惺忪地站起来,视线一对上后面神情有些阴沉的原韦德,马上换上了恭谨郑重的表情,微微低头说道:"爸爸,我有点儿事想跟您谈谈。"

"下楼吃饭吧。"原韦德整整衣领口,阴沉沉地瞥了他一眼,然后毫不停留地从他身边穿过去,语气冷淡道,"我有预感,等你开口之后我就没有胃口吃饭了。"

原妈妈望了望丈夫的背影,又看看儿子,最终无奈地对原英焕笑了一下。

菲佣将蟹黄蒸饺、叉烧包、干蒸烧麦和喷香扑鼻的奶黄包一样样端上来,原韦德夹着蒸饺,筷尖停留在醋碟里——他维持这个动作已经快一分钟了。

"就是这样,所以爸爸,我们和好了。"原英焕在越来越恐怖的低气压下坚持着说完了想说的话,然后深深地鞠躬道,"我真的喜欢夏媛宸,从始至终我喜欢的只有她一个,请您再给我们一次机会。"

静寂。

突然,"砰"的一声,醋碟直接朝着原英焕的头飞过去。原英焕下意识地偏头一躲,瓷质的醋碟撞向后面的屏风,立刻四分五裂散落一地!

原英焕慢慢转回头来,看着父亲,原韦德的表情竟然极为平静,他拿起桌上的湿手巾,慢条斯理地擦干净指尖的醋渍,微微笑着却让人望之生寒,说:"儿子啊,你总是要爸爸给你机会,为什么你就不能给你的父亲、给原家一个机会呢?我真的不想成为全国上下的笑柄啊,你明白吗?"

原英焕一点儿一点儿攥紧手指,一言不发。

Chapter 08 第八章
为你做的所有努力

原韦德冷笑着起身，缓步来到原英焕面前，绕着他走了半圈，说道："真没想到我的儿子还是个情种，爱美人不爱江山吗？我都懒得提夏媛宸拒绝过你多少次了，我就问你，知不知道她现在是个什么情况？季家已经不认她了，她和马路上任何一个平民一样，没有哪个大家族能接纳她这样的儿媳了。"

"先生，您有话慢慢说，少爷还小的……"听到这边动静的原昆快步从后花园赶过来，走到原韦德身边弯腰劝说，眼角的余光不易觉察地飞向英焕，饱含担忧。

原韦德淡淡地瞥了他一眼，将一切尽收眼底，声线平静道："原昆，你已经不是原家的下人了，你不该再叫我先生，也不该再叫他少爷了——他不可能当你一辈子的少爷。其实这件事你也是有发言权的，如果英焕当初不是为了那个季家女孩冲进火场，你弟弟也不会因此丧命，你不会替你弟弟不值吗？如果再有下次，又会牺牲谁呢？你吗？"

原昆僵住。

原英焕"噌"地抬起头，怎么都没想到他的父亲会说出如此诛心的话来！这段时间所经历的种种，他早就把原昆当成重要的哥们儿甚至是兄长看待了，现在爸爸这样讲，原昆会怎么看自己，怎么看夏媛宸？！

出乎意料地……原昆站在原地沉默了片刻，低低地吐了口气，然后他说："如果需要，我愿意。"很轻而坚定的声音。

原英焕愣了。

原昆安慰地对他笑笑，随即直视原韦德的双眼，真诚而坦然道："先生，我们都是受过原家大恩的。十年前，您将我们派到少爷身边，说希望我们能让少爷健康快乐地长大。我们一直记着您的话。小磊在火场救了英焕，是为了保护他的生命，而我现在支持少爷和夏媛宸小姐在一起，保护的是他的快乐，我们希望他好好的就好。至于以后，会有什么危难、艰险，我们都愿意替他们承担。"

"好……好。"原韦德几乎被气笑，点着头道，"你们——倒真是忠心，可你们好像忘了，你们最应该忠心的对象是原家！"

"父亲！"原英焕挡到了原昆面前，勇敢地面对他说，"您为什么就认定夏媛宸会伤害我，伤害原家呢？汽配厂的事您又了解多少？！夏媛宸真的非常善良，当时那些佣兵根本没有找到她，她是为了救她的弟弟主动过去的！我相信如果有一天我——甚至是您有危险，她也会做同样的事，想尽一切办法、不惜一切代价地来帮助我们的！"

"那只是你美好的愿望吧？我要是你，就老老实实去相亲。"原韦德笑了，那笑意是讽刺的，是寒凉的，"因为你所谓的那个真的很善良的女生，她根本没打算为和你在

一起做任何努力,还在全清河的媒体面前让我原家丢了大脸……"

"那我现在郑重向您道歉,如何?"古朴厚重的大门被用人自两侧缓缓拉开,屋外明媚夺目的阳光顿时洒满这华丽却有些昏暗的厅堂,将所有的阴霾驱散。

"夏媛宸?!"原英焕惊喜地瞪大眼,往那边走了两步,然后像意识到什么似的,回头望向原昆。

原昆狡黠地笑笑,轻轻对他竖了下大拇指。

夏媛宸朝两个人点点头,然后抱着蓝色文件夹踩着小小的金色高跟鞋一步步走向原韦德,她今天穿着有些俏皮的西装,领口的粉钻领夹为她增添了一抹华贵,就这样端庄凝重地来到原父面前,弯腰道:"原伯伯。"

原韦德冷漠地看着她,说:"季小姐别这样,我受不起。"

夏媛宸浅浅一笑,并没理会他的冷脸,说:"我今天来是想向您道歉的,正好,听到了你们刚才的话……嗯,我带来了我的努力和诚意,您愿不愿意看一看?"她低头,将文件夹顺着桌面推过去。

原韦德用审视和威严的眼神盯着她,就像一头伏在地上的老虎,在这样的压力下,夏媛宸只觉得心跳的速度渐渐有些快了,她强撑着一动不动。

原韦德拿起文件,一页页翻过去,神情越来越复杂。过了一会儿,他放下,一条腿搭到另一条腿上,用一种倨傲的姿态,问:"我不太理解季小姐的意思,您是在用金钱向我示好吗?你觉得我原家缺钱吗?需要去卖儿子?"

"当然不。"原韦德开口后,那种压抑得透不过气来的气氛才散去些,夏媛宸微微出了口气,平稳了下声音,说,"恰恰相反,就因为原家已经是国内屈指可数的大企业了,您才不需要牺牲儿子的幸福,用相亲联姻的手段去得到什么了。让他更快乐些,不好吗?"

"我不觉得他和一个根本不喜欢他的女生在一起会快乐。"

"这些还不足以表达我的心意吗?"夏媛宸沉默片刻,轻轻吐了口气,竟然来到原韦德身边坐下了!

原韦德皱眉看她。

她从袋子里掏出象征夏家嫡系身份的小银牌,挂在自己的脖子上,淡淡道:"我虽然失去了季家的支持,却因此获得了重归夏家的资本。夏家对于我母亲和纪叔叔在一起是非常乐见其成的。而纪叔叔为了表示对我母亲的诚意,也签下了一份公证过的协议,纪氏企业由我跟纪秀芝共同继承——当然,此时这份协议还没生效,可只要您一句话,我可以立刻让它生效。"

第八章

"夏媛宸，你……"原英焕不能接受地出声，忍不住上前一步。夏媛宸连自己家的钱都不想要，让她去抢别人家的钱，无异于杀了她！

"嘘——"夏媛宸直接拦住了他的话，回头继续对原韦德说，"您看，现在最重要的门户问题已经解决了，我又可以回到豪门行列了，对不对？然后您刚才还在说什么我让原家失颜面了，是吧？这个面子我可以还给您，还给原家，请您找人出一份新闻通稿给我，我愿意当众为那天的失礼道歉，并且保证稿子怎么写我就怎么背，绝对一个字都不差，怎么样？"

"夏媛宸！"原英焕这次怎么都不能忍了，直接走到她身后，一边狠狠推了她一把，一边咬牙望向父亲。

大家族的面子固然重要，可难道她的面子就不重要了？

原韦德冷眼旁观地看着他们，不知怎的，竟也微微触动了心底深处最柔软的地方。商场浮沉数十载，高处不胜寒，他都快忘了，自己也曾年幼，有过两小无猜，也有过喜欢的姑娘。可是他的家族不许他越界，他自己也不许自己出界。所以他毫不犹豫地选择放手。

他一直都以为，他的儿子也会走上和他一样的路。娶一个并不喜欢却家世显赫的姑娘，这是命，没办法的。

但如果，命里注定他儿子就是运气好呢？

他喜欢的，就是一个家世雄厚的姑娘呢？

那他真要为了所谓的颜面，硬去拆散了俩人？

原韦德长长地吐了一口气："我问你，你是真的喜欢英焕吗？"

"我愿意为他做一切事情。"

"好吧。"原韦德站起身，阴沉沉地点点头说，"你们两个，好自为之。"说罢，转身离去。

"太好了！"原英焕雀跃地抱起夏媛宸，"夏媛宸！我太高兴了！你高兴吗？哈哈哈哈……"

而夏媛宸，只是抱着他的脖颈，浅浅地笑着。

这对从来屹立高处很少低下头来的父子，竟然都没发现，她自始至终，没有回答那个要命的问题。

莫将深情轻辜负，忘川河畔三十年。

原英焕，欠你的，我尽力还。

小小的少女，在心里发誓，近乎悲凉。

周一，有大事。

清河学院的神秘组织"最八卦"在周五放学前，跑到校园公示板上留下了这五个大字，墨汁还没干，前面已经叽叽喳喳围了一群学生。

女生A："你们说是什么大事啊？会不会是原太子和夏媛宸又闹掰了？"

女生B白眼道："就算他俩闹掰，难道你就有机会了？也不看看自己有没有那个命！"

女生A恼羞成怒："我怎么了？再怎么也比那个清汤挂面似的夏媛宸强吧？瞧她那万年不变的校服，也没个首饰，头发随便用皮筋扎一扎就算了，小学生都比她讲究！真怀疑季家怎么会有这样平凡的女儿，估计弄错了吧！"

女生B哼了一声："你是嫉妒了吧？"

女生A："你——"

"好了！别吵了！"宋承慧原本脑子就一团乱了，听到后面叽叽喳喳的更是心烦，忍不住回头喊了一声。

这下两个吵架的娇小姐可算一致对外了。

"呸！还拿着少奶奶的范儿呢？也不看看原太子早都不要你了！"

"对啊，你还敢吼我们，不要命了吧？呵呵，以前成天拿着个手链装尚方宝剑，早就看你不顺眼了！"

两个女生"噌"地扑上去，抓头发的抓头发，拽裙子的拽裙子，一时间把宋承慧搞得狼狈不堪。

"干什么呢！都起来！"来解围的人居然是……

"你们也别忙着欺负人，要是以后原少爷回头找她，小心你们一个个吃不了兜着走！"张希阳扶起了宋承慧，对着两个娇小姐吓唬道。

那两个女生看到有援兵，只好又吵了几句走了。

宋承慧没想到张希阳会在这个时候站出来帮她，一时有些警醒地看着他。

"你……为什么？"

张希阳不答反问："周一有大事，你猜猜会是什么大事？"

宋承慧微微咬住唇，脸色难看。

张希阳瞧她那样却笑了，很好，不算太笨，他也不想跟笨人合作。

张希阳把她拉到角落里，悄悄说："咱们都知道，这件大事八成跟夏媛宸有关，而且很可能是他俩要正式复合的消息——宋承慧，我就问你，你差点儿就把原家拿下了，这么眼睁睁放弃你甘心吗？"

Chapter 08 为你做的所有努力

第八章

"我不甘心又能怎么样?"宋承慧别过头,眼圈红了,自暴自弃一样道,"我势单力薄的……也许这就是我的命了。"

"你想认命?我还不想呢!"张希阳讽刺道。

宋承慧惊讶地看向他。

"你不用这么看着我,我是想明哲保身。之前我得罪夏媛宸的地方太多了,如果她这次又风光了,恐怕我就要和我哥一样被赶出清河了——"他的眼中闪出一丝阴狠。

"那你……是希望我和英焕在一起?"宋承慧不太确定地问,待看到他肯定的视线后又问,"为什么是我?"

"你没听过一句话吗?敌人的敌人就是盟友。"他压低声音狞笑道,"我是怎么都要把她弄下来的,就问你,敢不敢跟我一起做吧。"

"……"宋承慧思量许久,终于发狠地点点头,在心里对自己说:夏媛宸,我绝不会输给你的,绝对不能!

"你有什么计划吗?"她问。

"当然有了。"张希阳得意道,"没想到夏媛宸变成穷光蛋了,原太子还愿意跟她在一起。但如果,她不仅是穷呢?"

"你是说……"

两个人凑近,片刻之后,宋承慧脸上露出兴奋得意的笑容。

夏媛宸,我看你还能得意多久!

周一,如期而至。

当原英焕拉着夏媛宸的手一步步走上主席台时,整个操场都安静下来了。夏媛宸有些尴尬地想抽出手,可原英焕却握得紧紧的。

"是谁走漏了风声啊?皮痒了吧?啊!"原英焕在台上环视一周,依旧是往日大大咧咧、不可一世的样子,说,"不过也没关系,反正早晚要告诉你们——本少爷的好事要近了!"

与此同时,在他们两个人身后,一道长约三十米的巨大红色条幅从天上倏然垂下。

大字赫然写着:宇宙第一无敌帅的原少爷和勉勉强强还看得过眼的夏女士将要在维加斯瑞斯特帝豪酒店订婚,欢迎参观!

夏媛宸只回头看了一眼就把脸捂住了,她的整张脸都涨红了,不是羞的,是气的。

原英焕这个——这个笨蛋!

他宇宙第一无敌帅?!

她就勉强看得过眼？！

简直不要脸啊！

还说什么欢迎参观，以为是熊猫结婚吗？有什么可参观的啊，这个神经病！

"原英焕，你今天晚上给我去吃榴梿壳！"她小声且咬牙切齿道。

原英焕却大手一挥豪迈道："这有什么的，现在你让我吃榴梿秧子都可以吃——大伙听着啊！我准备邀请一些同学随同本少爷去维加斯参加典礼，包往返机票和住宿！明天就出发！"

"哇！"清河的学生们都乐疯了，纷纷将手里的东西往天空抛。

"原太子！原太子！原太子！"那吼声简直要震天了。

夏媛宸无语凝噎了，这个没文化，一天到晚就知道玩乐的家伙，到底知不知道榴梿是长在树上的啊，他以为是西瓜吗？还有秧子！

万众欢庆的时刻，一个女生的轻叱突然响起："夏媛宸她根本配不上你！"

人群，安静了下来。

一个人回过头去，两个人回过头去，三个人……

慢慢地，人群让开了一条路，宋承慧的脸有点儿白，却竭力挺起胸膛，一步步走向前。她的身后跟着哈着腰有些胆怯的张希阳。

其实张希阳此刻心里是后悔的，他不应该亲自出面的，这万一失败了……

不行，已经走到了这一步，就不能失败！张希阳咬紧牙，何况他不露面，又怎么能在未来的原太子妃面前刷好感度呢？他总觉得，如果夏媛宸下去了，宋承慧是一定能上位的……

"你来干什么？"原英焕叉腰站在上面，满脸不悦地盯着下面的人，指着她警告道，"我告诉你，宋承慧，今天是我的好日子，惹恼了我，别怪我对女生手下不留情。"

宋承慧的眼睛红了，站在下面，凄凄惨惨地抬头望着上面的人，说："英焕啊……我当然不会破坏你的幸福，只要你是真的幸福。可我不能眼睁睁地看着你被夏媛宸骗了啊！她根本不是表现出来的那么单纯，她——她为了钱跟别的男生不清不楚！"

"啊！"全校一片哗然。

为钱出卖自己，这应该是对一个女生最尖锐的指控了。如果放到普通女孩身上，就算不气死也要哭死了。可夏媛宸面无表情地站在台上，就像在听别人的故事一样，完全没反应。

郑允文心里受创请假没来学校，杜飞作为好友觉得必须出来仗义执言："宋承慧！

第八章

你说话要讲证据，人家夏媛宸也是大家出身，怎么会做这种事？！"

宋承慧冷笑着说："就因为她是富家小姐，才会做这种事啊。她从小锦衣玉食惯了，可惜妈妈跑了，她爸又不要她了，家里穷得揭不开锅，食堂打工的那点儿钱哪里能满足她奢侈靡费的购物欲望呢？所以……她就为了钱！"

"你少在那儿编故事，我就说证据呢！"

"证据在这儿！"到张希阳出场的时候了，他给自己打打气，蹦了出来，"噌"地展开三张一米高的大海报，都是从夏媛宸打工的店，通过威胁利诱调了监控印出来的。

不得不说，他的取景还是很有技巧的，画面是夏媛宸弯下腰靠近一位叔叔，应该是在听他说话，脸上的笑容很甜美，手里还拿着一张叔叔塞给她的一百元钞票，两个人的手搭在了一起！而下一张，则是夏媛宸回来，托盘里只有一小杯冰咖啡，而且没有找回来的钱。

这……这……好像还真有点儿暧昧啊！

根据杯子上的logo（徽标或者商标的外语缩写），那里应该是比较高档的咖啡连锁店，普通学生或许不常去，但清河学校的学生谁不熟啊？！

实在是古怪。第一，清河物价普通，没有哪杯咖啡能卖到五十块钱以上的，为什么不找钱？第二，这种店都是自己去柜台点的，为什么这位男顾客会坐到遥远的窗边，召唤夏媛宸为她点？他又怎么知道叫夏媛宸就一定会来？难道夏媛宸经常这样……

不能想啊，越想大家看夏媛宸的眼光就越带着疑惑。

宋承慧将大家的表情尽收眼底，露出志在必得的笑容，昂起头果断道："没错，夏媛宸就是这样索取小费的，作为她曾经的朋友，我真的为她感到羞耻！"

她回过头，继续仰视着原英焕，一副苦口婆心的样子，说："英焕啊，夏媛宸这个人真的是虚伪又势利，你真的要和这样的女生订婚吗？！"

"只凭这么两张莫名其妙的照片，你就敢在这儿胡说八道？！"原英焕冷笑道，"宋承慧，你是活腻了吧？"

而就在这个时候，高二年级的教务组长也听到动静过来了。

"让开，让一让……"他把挡在前面的学生一个个拨开，走到张希阳面前，弯下腰仔细看了看几张海报，直起身对夏媛宸严肃地说，"夏媛宸同学，希望你给出一个合理的解释。"

原英焕不高兴了，这都什么乌七八糟的事啊？他上前一步刚要把添乱的组长赶走，夏媛宸就从后面拉住了他。

"既然大家想听我解释，那我就说说。"夏媛宸穿着校服，外面随意地裹了一件白

色的运动外套,显得有些单薄,在呜呜的风声中她的话音显得有些模糊,"这家咖啡厅在市立医院对面,的确是我打工的店,正常来说,应该客人到吧台点单,但是那位客人我认识,他是对面医院的病人,腿脚不方便,所以每次我都主动过去为他点单。"

"你说他腿脚不方便就不方便吗?旁边既没有轮椅又没有拐杖的,怎么证明?!"张希阳吊着眼道。

"本来是有拐的,旋钮的地方松了,他家人拿去修理了。"

"是吗?修去了啊?"宋承慧讥诮道,"那找的钱呢?你家什么咖啡能卖一百块啊?"

"咖啡二十,剩下的捐了。"夏媛宸面容平静道。

"捐了?!"下面响起学生们怀疑的议论声。

"对,"夏媛宸点头,"当时正在做关爱山区儿童,随手赠午餐的活动,那位先生说让我帮他捐了零钱。"

"胡说八道,捐款箱一直在画面里,我们看到你是直接端着咖啡出来的,根本没过去!"张希阳邪笑。

"我当时太忙了,是下班后才把客人捐的钱放进去的。"夏媛宸吐了口气,露出一丝疲惫,反问,"不过才八十块钱,我贪这点儿干什么?"

"说得好像你多不在乎这点儿似的,我倒要问问你在那儿打一晚的工能有多少钱?"

"……"

"说不出来啊?我替你说啊。"张希阳得意扬扬地伸出手道,"我查过了,四个小时,六十块钱。找的钱有八十块,怎么会少呢?"

夏媛宸气得脸色铁青,如果不是因为教务组长也站在下面紧紧盯着,她真的想过去给他两巴掌。

而主席台下,那些难听的议论声也越来越大了。

夏媛宸的话根本前后矛盾,何况这一环一环的,实在不正常啊,什么拐被拿到医院修了,什么太忙一时忘了放钱,呵呵,难道全世界的巧合都让她遇到了啊?!鬼才信!

"原太子,请你取消订婚!我们不能接受清河学院的王子跟这样的女生在一起!"终于,有个女孩站出来喊道。此时不踩夏媛宸何时踩?

这一句话,几乎像是点燃了炸弹!

"取消订婚!"

"夏媛宸无耻!"

第八章

"滚出清河！滚出清河！"

不断有人举臂高呼，到最后，整个操场的吼声汇聚成了一句话！

"夏媛宸滚出清河！"

"夏媛宸滚出清河！"

"夏媛宸滚出清河！！！"

这是一场民怨。

若夏媛宸贪钱、不检点的罪名坐实，无疑是这所百年贵族学校的巨大耻辱，所有在这里上学的学生都要跟着丢脸，那些真正来自高贵世家的还好，多少矜持些，并不跟着大喊大叫。

而那些想尽办法才能混进这所学校的暴发户子女才真的愤怒。他们多努力才进入这里，决不允许有任何污点，这是他们的骄傲啊！

因为有这些人，再加上不少嫉恨夏媛宸的女生，现场当即就控制不住了，甚至有人开始往主席台上冲，众怒难犯，沸反盈天。原家的所有保镖一齐冲上前，一时竟都吓不住这些学生。

教务组长也急了，大吼着："别吵了！都别吵了！"

可是根本没人听他的啊，他那点儿声音早就淹没在口号里了。教务组长只觉得遇到了有史以来的最大危机，一个不小心就要丢饭碗了呀。他直接抢过原英焕跟前的话筒，对下面的同学们道："请大家安静一点儿！安静！这件事校方一定会处理的！鉴于本事件对学校声誉有所影响，我们要求夏媛宸同学必须去校董会说明情况，在此之前，她不能离开清河——"

不能离开清河，当然也就不能去维加斯参加那个订婚典礼了。这么一来，下面的人情绪总算平复了些。

而不知何时得到消息并混进来的记者更是借机举着话筒冲到前面，问："请问校方也怀疑夏媛宸行为不检点吗？那么你们会做出什么处分呢？"

教务组长骂道："这要看董事会意见，走走！现在不接受采访！"

原英焕怒了，直接拽过教务组长吼道："处分？你是吃了熊心豹子胆吧？我的未婚妻你也敢让她去校董会说明什么情况？你忘了这所学校姓原吧？！"

教务组长的脸色不太好看，转过头对原英焕微微放低了声音："原大少，我当然知道这所学院姓原，可是——不只姓原啊。"他顿了顿，咬牙道，"抱歉，我站在校方立场，站在所有集团董事的利益上，目前只能做出这样的决定。"这可是当着全校所有学生啊，还有媒体，就算他想大事化小小事化无，他能吗？

教务组长无奈地挥了挥手,两个身着制服面容严肃的校警马上走来,作势要把夏媛宸带走。

原英焕彻底火了,大喊:"我看谁敢动!"然后蹬脚便踹翻了话筒架,整个操场顿时响起"刺"的巨大杂音,所有人都不由得捂住耳朵。

一贯嚣张霸道的少年紧紧握着夏媛宸的手,将她护在身后,他的胸膛剧烈起伏着,仿佛无所畏惧,没人发现他的手指在颤抖,手心里全是汗。没人发现,除了夏媛宸。

只听他一字一顿道:"我从不愿用强权把任何人逼死,但是今天,我原英焕在这里发誓,任何人再敢刁难夏媛宸,我都叫他永世不得翻身。不论他逃到哪里,天涯海角都好,可千万别再叫我碰到了。"他的视线扫过张希阳,扫过宋承慧,目光所及处,煞退一片人。

12月,吹起凛冽的风,高大孤拔的少年面如寒霜,如一道不可越过的高墙,将女孩紧紧护在身后。一股冰冷的寒意在操场上弥漫开,众人竟不约而同地合上了嘴,但仍然用厌烦敌视的目光瞪着夏媛宸。

紧张的对峙,像一根拉到极致的弦,随时都要崩裂开来——

原英焕望着下面那些虎视眈眈、同仇敌忾的眼光,突然意识到,此时此地早已不是夏媛宸的事这么简单了,上流社会的学生自觉出身高贵却长期被他原英焕踩在脚下,早就想出一口恶气;中下层的学生恨夏媛宸影响学校声誉,会损失他们千辛万苦挤进贵族学校花费的人脉;而全校女生几乎都看不惯夏媛宸,无法忍受已经变成平民的她居然还能飞上枝头,疯狂地想要把这只凤凰拉下来。

所有人,已经拧成了一股力量。

所以夏媛宸绝对不能被校警带走,一旦走了,事情就会彻底脱离他的掌控。他的父亲很可能袖手旁观,那么,夏媛宸紧接着就要面临行政问讯,公布处分,然后就是劝退。一个女生,会在清河身败名裂,还是以那样莫须有的罪名。

他不允许……决不允许……原英焕的心跳是从未有过的剧烈。他真的怕,怕自己保护不了她。

恐怖凝重到几乎要震开胸腔,只有记者们在近乎疯狂地按快门,一声疑惑而平和的老人的声音忽然响起:"大家……这是干什么呢?"

学生们下意识回过头去,在操场入口处,不知何时无声无息地开进来两辆白色的迈巴赫。一位满头银发却打扮得十分精神得体的老者在保镖的搀扶下走出车子,疑惑地望着这边,当他与夏媛宸视线相对的一瞬,眼睛顿时红了。

"小小姐……"他低低地叫了一声。

Chapter 08 第八章
为你做的所有努力

那些车子都挂着低调而显赫的特殊标志，有人已经认出来了，是来自古老而神秘的家族——夏家。

夏家？

不就是当初将夏嫒宸母亲扫地出门的家族吗？

他们为什么会来这里？

方才起哄的学生们，有些敏感的已经觉察出不对，悄悄地离主席台远了些。

老人在保镖的陪同下径直朝夏嫒宸走去，他的步伐很快，有些踉跄，保镖几次想扶他都被他推开，等走至阶梯下的时候，老人已经老泪纵横。

夏嫒宸的眼睛也不由得湿润了，只喊出了一声："七伯……"

"哎——"七伯答应一声，擦着眼泪笑得欣慰。

他一步步走上去，夏嫒宸也从原英焕的身后走出来，老人先望望前面黑压压的人群，又抬头看向那飘荡着的巨大条幅，仿佛老怀安慰，感叹道："一转眼你都长大了，我到现在还觉得你妈是个小姑娘呢……"

夏嫒宸忍不住低下头，轻声道："对不起，我们让您操太多心了……"

"你也知道！"七伯作势绷紧了脸，瞪着她道，"真正伤心的是老爷子，你们母女两个怎么就都这么拧呢？！他等你们回头等了整整二十年啊！"说着，老人几乎又要落下泪来。

夏嫒宸立即上前搀扶住七伯，吸着鼻子，哽咽道："对不起嘛，七伯……"

这一老一小搂在一起叙旧，教务组长则在一边目瞪口呆了。

这是什么意思？如果他没理解错的话，这位老人就是夏家的大管家？那么他口中等了夏嫒宸母女俩二十年的人，就是夏家现在的当家人夏群老先生？

不是都说夏嫒宸母女穷困潦倒回不了家吗？这到底是怎么回事？谁能来告诉他？

当然，没人能发现教务组长满脑子喷涌的弹幕。那边，七伯给夏嫒宸擦着脸，平复了一下情绪后说："算了算了，都过去了啊。老爷知道你母亲已经正式和纪先生在一起了，你也有了喜欢的人，就是这位原少爷吧？"他对着原英焕笑笑。

原英焕的脑子还处在死机状态，只得僵硬地扯扯嘴角。

七伯接下来的话，一语石破天惊——

"现在挺好。老爷说了，你们母女也是时候回归宗族了，不可再胡闹下去！"

回……回归宗族？！在场的都惊呆了，难道今天要在此见证一场大事？！

七伯从保镖手里接过一个小盒子，当着众人的面，珍而重之地打开，里面是一枚极为精致的红宝石领针。

"这里装着夏家祖宅的门禁系统，戴着它你可以出入祖宅的任何地方。"

"嗡"的一声，这次，主席台下面简直炸开了锅。若这个消息传出，恐怕整个清河都要为之沸腾了，现场的记者们激动得脸都红了，险些没晕过去。

他们可是抢到了十年难遇的大新闻啊！

要知道，大家族为了保证手中权力和钱财的集中，一向只给具备继承权的嫡系后代自由进出祖宅的权力，从来没听说过谁家将女儿算作有继承权的嫡系后代的，更别提外孙女了，还是个曾经破族而出的外孙女。

七伯将领针郑重地别到夏媛宸的领子上，牵着她的手走到主席台前，静寂的操场上，老人的声音凝重而威严，宣布道："今日，我夏宅管家七忠代表当家人夏群公告世人，夏家第三代外女夏媛宸，与夏家长孙夏亦轩，将同享夏家一切房屋、地产、公司、海内外航线的继承权——另外我们也收到纪氏家族通知，纪家家主为表和夏府结亲诚意，着意将夏媛宸小姐与秀芝小姐并列为纪氏家族第一继承人。未来，夏家将会与纪家竭诚合作，万望各位商友家族亦与我们相互扶助，开创新盛世。"

"……"

寂静。

死寂。

连快门声和风声都消失了。

学生们张大了嘴巴，记者们失力地垂下话筒，教务组长浑身打战，没有人再注意什么新闻了，没有人再能说得出什么话了。

夏媛宸，那个一文不值的夏媛宸，本来已经跌落谷底的夏媛宸，要被所有人踩到脚底下的夏媛宸。在这一刻，变成了身负夏家、纪家两大超一流家族的第一顺位继承者。

你知道这意味着什么吗？

这意味着，夏媛宸，在2015年12月3日，刷新了维国青年富豪榜，成为国内累计财富权势最高的年轻二代。地位卓然，高高在上，背后的势力近乎恐怖，已经是连原英焕都要仰视的存在了……

她与这里在场的所有学生，都不再是一个世界的人了。

对了……还有那八十块钱？

呵呵。

早就成了一场笑话。

一个一直以来被夏家老爷子惦念的外孙女，一个随时随地都可以回归荣耀家族的少女，她到底是多缺心眼缺脑子才会用那种手段赚区区的八十块钱呢？！

第八章

宋承慧浑身都在哆嗦，剧烈地哆嗦着，盯着台上面容平淡的夏媛宸，就如白日里见了恶鬼。突然，她跌倒在地，她放声大哭，恐惧到极致，像是整个人情绪都崩溃了……

她知道自己该不甘的，该痛恨的，可是此时此刻，她好像连痛恨的资格都没有了，只剩下了害怕……

没有人不害怕。

在场的每一个人，每个刚刚在高喊着夏媛宸滚出清河的学生，都在恐慌着自己的未来。

夏媛宸会怎么对付他们？

他们的家族又能否庇护他们？

夏媛宸站得很高，风吹扬起她的发丝，少女的面容在日光下显得洁白如玉，在场每个人的表情变化都被她尽收眼底。

她知道他们当下的紧张，也知道他们半小时前的轻视和鄙夷。多奇怪，一个人能不能得到尊重，竟然不是因为她是怎样的人，而是取决于她来自哪里。

"我知道你们在想什么，不用担心，我不准备报复任何人。"

"其实如果你们了解我，就会发现有钱或没钱，有继承权或没继承权，对我来说没什么区别。"

"你们也一样——除了金钱、年轻、美丽，我希望你们还能拥有一些岁月带不走的东西。"她一一扫过那些还算稚嫩的面容。

"那……那是什么……"小胖子杜飞哆嗦地举手发问。

"很多啊。"夏媛宸微笑，声音轻柔，"比如你刚才义不容辞帮助我的友情，比如我就算离开家族也能在社会上谋得生存的能力和坚韧，比如——真诚、善良、信任和宽恕。"

她的笑容，自始至终保持平和，眼神与每一个人对望，眸底如一汪蔚蓝的大海，广博而包容。

台下，渐渐有人脸红了，有人动容了。

他们，都仰望着台上的少女——那个女孩，耀眼夺目，光芒万丈。

第九章

李钟敏，我后悔了，可以吗？

12月4日,原家的包机准时飞往维加斯。

原韦德再见到她时客气了许多,主动点头友善地笑道:"夏媛宸啊,听说昨天在学校受了委屈?都是下面的人不懂事。"

"原伯伯,您太客气了,都是小事而已。"夏媛宸彬彬有礼地回答。就是……有些太过礼貌了,不见亲昵。

原韦德脸上的笑容淡了些,点点头,转回身去。

他们此刻坐在原家专属的包机里,以宽敞的过道为分割,两边各有两排宽敞的皮质座椅,前面还有小电视机,可以点播视频游戏。

原韦德夫妻理所当然地占据了左边第一排,右边空余无人坐。第二排是原英焕、夏媛宸、纪秀芝、郑允文。其他同学坐在后面。至于原家的商业伙伴们,都单独前往维加斯赴这场盛会了。

纪秀芝脸色铁青,昨天是她堂姐的十八岁成人礼的大日子,她和不少朋友都去赴宴了,所以通通没见到昨日的"大场面"。

她的爸爸,可真是好样的,让她与夏媛宸并列为纪家的第一继承人,到底把她这个亲生女儿放在何处了?是想让她被同学们笑话死吗?!

夏媛宸犹豫了一会儿,主动与郑允文换了位置,对纪秀芝轻声说:"纪叔叔只是怕我会吃亏,什么继承权都是烟雾弹,迷迷外人眼的,你别放在心上。"

纪秀芝紧绷着一张脸,一言不发。

"纪家的东西我一丁点儿都不会碰的。你认识我这么多年,应该知道我是什么样的人,我是贪钱的人吗?"

"砰"的一声,纪秀芝猛地推开了身前的桌板,起身俯视着夏媛宸,近乎憎恨地咬着牙道:"是!你夏媛宸多了不起啊!你超凡脱俗,你不食人间烟火,你是女神,行了吧?但你这么厉害为什么不去找自己的爸爸?抢别人的爸爸,抢别人应有的爱让你很有成就感吗?!"

高傲的公主,眼圈突然红了,狠狠地挤开坐在外面的夏媛宸,朝机舱后部奔去。

夏媛宸无声地站起来,望着她的背影,眼神落寞而孤独。

他们一到维加斯就被原家安排好的车队迎入了瑞斯特帝豪酒店。这座维加斯级别最高的七星级酒店占地面积辽阔,绿草如茵,配备有先进的高尔夫球场、射击场、拳击场、剑术馆、赛级游泳馆等,是各国大企业主甚至是政要的宠儿。

原家十分大手笔地包下了东南角的爱丽丝玫瑰园,整整四十间套房。

原韦德临去休息前特意嘱咐:"英焕,你们年轻人精力旺盛,愿意去玩玩就玩玩,但切记这里出入的很多都是显贵，不能任性。"

原大少一贯嚣张，从鼻子里哼了声："我来这里是消费的啊，难道还要夹着尾巴溜边玩？！"

原韦德冷着脸看他。

"好吧……我知道了。"原英焕撇撇嘴咕哝。

来参加订婚礼的同学大多都是那天不在场的，原英焕对他们倒没芥蒂，因此兴高采烈地招呼着："喂！我去看看射击，你们去不去？"

"走啊！"

"当然去！"

就纪秀芝泼冷水，抱肩不屑地叱道："无聊。"

原英焕烦她了，直接顶回去："公主殿下，你不想去就别去啊，咱不求着你——"说着一招呼，"去的这边来！"

"呼啦"一下，人全走了。

纪秀芝咬咬牙，不甘心地跟上。

原英焕俨然一个领头人，被一群人环绕着，郑允文倒悄悄到夏媛宸身边陪着了。

"纪秀芝还不高兴呢？"他问。

"嗯。"夏媛宸无奈地小声说，"我该说的都说了，原英焕也替我去跟她谈过了，但她还是不高兴。"

"事也太多了吧！"郑允文忍不住瞪向纪秀芝的背影，反感道，"你都主动放弃那么大一笔钱了，我要是她，谢你都来不及！"

"小声点儿。"夏媛宸赶紧扯了下他的袖子，叹气说，"话不是这样讲的，纪家的钱本来就不该给我，我只是拒绝了不属于我的东西而已。而且纪叔叔这次做法确实欠妥，她觉得丢脸，迁怒于我也是没办法。"

"你就是太好脾气了。"郑允文怜惜地低头看她，忍不住想拍拍她的头，手却忽然被一只硬硬的手牵住……

郑允文回头，嘴角抽搐，一时说不出话来。

原英焕握着他的手，慢慢换了个姿势，与他五指紧扣，笑得柔情蜜意，说："允文啊……你跟我们家媛宸聊什么聊得那么开心？说给人家听一听好不好嘛……"撒娇地扭扭腰。

"……你有病吧！恶心！滚滚滚！"郑允文浑身一个冷战，几乎是气急败坏地甩开他的手，一蹦三米远地跑了。

夏媛宸面无表情地盯着原英焕,问:"你这是干吗呢?"

"我不喜欢他碰你啊。"

原英焕嫌弃地把自己的手在裤子上蹭蹭,抬眼对夏媛宸正色道,"喏,我没威胁他哦,没动手哦,我就是跟他亲热了一下,他自己就走了,这你不能替他抱打不平了吧?"

"是……你是没身体伤害了,这精神伤害可大了。"夏媛宸开始还绷着脸,最后也憋不住笑了。

少男少女笑眯眯地牵手往射击场走。

一只望远镜镜头由远及近,将那甜蜜的景象全部收入了眼中。恐怖寒冷的红色小光斑久久地跟随着原英焕,停留在他的后心位置……

轻松谈笑的男孩和女孩啊,是那么和谐。

你们为什么能如此幸福?

那我的不幸呢?

又算什么?

射击场入门口有不少黑衣保镖在来回巡视,个个佩戴武器、墨镜、面容严肃。

有人远远看到感到害怕,拉扯原英焕说:"里面是不是有什么大人物啊?要不咱们就先别去了。"

"怕什么!"原英焕嗤笑一声,"本少爷就是大人物!"然后大摇大摆地牵着夏媛宸的手往前走。

一个外国警卫直接拦下他,用英语冷硬道:"军事戒严,不准进入。"

原英焕恼了,从小到大有几个人跟他说过个"不"字?!当即指着警卫,用流利的伦敦腔骂道:"你是谁家的?叫你们主家来说话!"

而他话音才落,就被那警卫反拧住胳膊压倒在地,脸硬生生被按到了石板上。

与此同时警卫掏出对讲机,对着那头面无表情道:"A区有不明人员前来骚扰,请求支援!"伴着这一声,就像在沉寂中按响了尖锐的警鸣器。附近的所有警力都动起来了。

几十上百的全副武装的彪悍保镖一齐冲来,肤色各异却都有着一样的杀气。夏媛宸毕竟是女孩,在那一刻胸腔里犹如擂鼓一般,她高举起双手大喊:"请冷静!请冷静!我们是玫瑰园的住客,我们没有恶意。"

无数警棍对准他们,所有人无声地围拢,步步紧逼,十几个半大的少年在这可怕的

第九章

李钟敏，我后悔了，可以吗？

气氛中浑身哆嗦，不自觉地聚拢，有人几乎就要哭出来了。

原英焕还被人压着，那力道极重，甚至能听到骨头在嘎巴作响，可原大少却是个硬骨头，咬紧牙关竟是一声疼都不喊，他翻着眼白对夏媛宸硬挤出一句话："别……别管我，快去找我爸……"

可夏媛宸哪里能把他扔在这里不管，就凭这个"魔王"的性格，还有要命的闯祸能力，等她带着原韦德回来了，没准他都让人给就地正法了。

"先放开好吗？你们先放开他好吗？"夏媛宸一步步走过去，声音有点儿颤，眼睛都红了，生怕再激怒他们。在维加斯燥热的天气下，她硬是出了一身冷汗，快要湿透衣服了。

那警卫扯扯嘴角，仿佛是冷笑了一下，然后微微加重了力道——

夏媛宸几乎绝望了。

而就在这时，塔楼上响起了冷淡的傲慢的毫无感情的声线。

是尚语。

"放了他。"

那么熟悉……

所有人，下意识抬起头来。

高高的塔楼上，巨大的玻璃罩缓慢开始180度的旋转，墨黑的镜面变成了透明的，在阳光下可以清晰地看到里面人的身影。

是李钟敏。

穿着简单的白色短袖衬衣、藏蓝色修身裤，一手插在兜里，神情淡漠，高高在上。

他没有刻意地表现出蔑视任何人，也没有说任何叫人难堪的话，但是，当他带着维加斯总督之子，在当地无数官员陪同下走出塔楼，缓步来到他们面前时，刚刚从地上爬起来的原英焕低垂着头，转动着酸痛的手腕——他知道自己又输了，输得一败涂地，输得站不起来。

他好像从来就没站起来过。

李钟敏之于他，就像是宿命里的敌人，每一次相遇，都只会带给他不幸和耻辱。

他看着夏媛宸，而夏媛宸呆呆地望着李钟敏，微红的眼圈以肉眼可见的速度急剧积蓄起了泪水。

她的嘴唇哆嗦着，她以为自己不委屈的，不难过的，不后悔的……可是所有的一切，那些当年痛彻心扉才下的决定，全在这一瞬间，看到这个少年的一瞬间，灰飞烟灭，碎裂在阳光里。

"李……李钟敏……"泪水倏然掉落,她踉跄着向前一步,脚下脱力,眼看着就要跌倒。

原英焕下意识伸出手想去扶她,可另一个人却比他更快——在夏媛宸大脑还处于一片空白的时候,她就已落入一个清冷的怀抱,带着淡淡的薄荷香……

她慢慢抬起头,李钟敏有力的双手托住她的双臂,四目相对……

他们太久没有靠得这么近了,他的手比以前更坚实了,他的脸颊更消瘦了,他的肤色不再如以前一般苍白如玉,那段军旅生涯让他不再像王室贵族般疏离冷傲,可依旧难以同常人融合,因为添出许多难以靠近的煞气。

他一定吃了很多苦……

从不受宠的世家继承者,到总理口中的未来之星,这一路不知道经过了多少磨难……

众目睽睽,略微的尴尬和说不清的暧昧,所有人都那么不知所措地看着。身后,响起了一声轻轻的呼唤:"钟敏少爷。"

大家听声望去,居然还是熟人。

"付婉婉……"夏媛宸喃喃出声,只觉得自己的心脏猛地往下一沉,周围似乎都安静下来,咚咚咚……

她只能听到自己心跳的声音。

她看着付婉婉抱着个什么东西一步步走近,若无其事地来到李钟敏身边,说:"您平时用惯的瞄准镜,我给您拿来了。"

夏媛宸的脑子很乱,用惯的瞄准镜?什么意思?她一直在李钟敏身边吗?这两个人现在是什么关系?

她有无数的问题想问,但李钟敏只是用淡淡的目光扫过她,松开她的手……他接过付婉婉的瞄准镜,转身朝有着大片绿茵的射击场里走,再没看她一眼。

夏媛宸死死地攥着拳,想追过去,可整个人像是被定住了,无法动弹。

总督之子帕里斯犹豫了一下问:"李,这是你的朋友吗?要邀请他们一起玩吗?"他指向原英焕。

远远地,李钟敏回过头,面无表情,一手托着瞄准镜,一手插在兜里道:"那是一只昆虫,我怎么会是它的朋友?"

原英焕整张脸的青筋几乎都暴了出来!

"是吗?呵呵——"总督子扯扯嘴角,这位尚族贵裔常常说一些让他不知道该怎么往下接的话,是尚国特有的幽默吗?

他为求保险起见，指着夏媛宸——那个刚刚被李主动拥抱了的姑娘。这位总是要邀请的吧？

"那这位美丽的小姐呢？"

安静……

夏媛宸屏气凝神，紧紧地盯着他，也在等待一个回答。

他会怎么说？

她的脑子里有无数构想过无数的可能。也许他会装作不认识自己，也许会像对原英焕一样狠狠地讽刺她。

但她怎么也没想到，李钟敏在短暂的沉默后，用近乎寡淡的语气道："她啊？她也不是我的朋友，只是个……曾经抛弃我的女生罢了。"

总督之子呆住，再回过神来时，李钟敏早就只剩下了一个背影，那边的随行人员全部惊诧莫名地望着夏媛宸——她抛弃了李钟敏？！不会吧？！世界上居然有这么有眼无珠的女生吗？！

而夏媛宸，眼泪也终于落了下来……她抬起手背用力抹了一把，倔强地别过头去，死死抿住唇角。

原英焕孤独地站在一旁，他的手死死地攥着，浑身都在哆嗦，在他过去骄傲的十几年人生里，从来没有受到过这样的鄙夷和不耻。

原英焕忽然扭头，发疯一样朝原家包下的玫瑰园跑去。

明媚的日光下，当骄傲的校园王子遇到真正从神坛走下的少年，脆弱的自尊啊，支离破碎。

夏媛宸闭了闭眼，只觉这日光太耀眼了，身上软绵绵的，她退后一步，靠到身后的铁丝网上，用手痛苦地捂住眼睛。

她没有力气去安慰受伤的原英焕了，因为，在她的心底破了一个洞，有呼呼的冷风在往里灌。

李钟敏，原来我是如此想你。

原英焕在晚上十点多钟敲响了夏媛宸的房门，带着一身湿凉的露水。

"夏媛宸，我们走好不好？现在就走行吗？咱们不在这里办典礼了，我们去瑞典，去大溪地！你说去哪里我们就去哪里，行吗？！"他的语气到后面越发急切，紧紧握住她的胳膊。

而夏媛宸，就那么一言不发地，难过地红着眼看他。

原英焕眼中渐渐渗出痛苦，他突然倾身过去想抱一抱夏媛宸，可马上就被夏媛宸用力地一把推开，反应之大已经出乎两个人的意料。

原英焕被那巨大的力道推搡得后退了两步才站住，抬起头不可思议地盯着夏媛宸。

夏媛宸头发散乱，面容苍白，像是也被自己吓到了，下意识低头看了看自己的双手，说："对……对不起，我……"

"夏媛宸，你后悔了吗？"颤抖的声音，是近乎可怕的寒冷，整个人像是丢了魂一样，平平地说："哦……你后悔了。"

他转过身，踉跄地朝楼梯口的方向走去。

夏媛宸忍不住迈步出去追他，喊："原英焕！"

而少年……根本没停下。

这一夜，她没有合眼，看着东方慢慢翻起鱼肚白是什么样的感受？困倦到了极致，疲惫到了极致，可大脑里一刻都无法停歇。

她知道自己的状态根本无法继续这场仪式了，可是此时喊停，会给原英焕、原家，带来多大的负面影响简直无法估量。

她踏着日出走出了房门，眼底全是红血丝，维加斯的清晨极为凉爽，她穿着薄薄的纱裙，随意裹了件棉质的流苏披肩，一拉开门就不由得瑟缩了一下。

沿着绿荫石子路步步前行，不由自主地走到了昨天遇到李钟敏的地方。

此时的射击场关着围栏门，而不远处的拳击场却隐隐响起了格斗声。夏媛宸忍不住朝那里走去。

"再来！"半开放的场馆，依旧是巨大的玻璃穹顶，夏媛宸看到李钟敏与一个肌肉可怖、身形是他两倍的成年男子正在打斗。

他的眼神是她从未见过的嗜血狠厉，他每一拳、每一脚、每一次攻击都是欲将对方置于死地的狠手，而他受到的每一次伤害，也是同样毫不留情……

"砰！"

"咣当！"

"咚！"

是身体被人凌空抡起直接摔向地板的声音……

是那铁球一样的拳头直接打中肩胛骨的声音……

是李钟敏被踢到场地边缘撞到柱子的声音……

夏媛宸看着他身上越来越多的青紫、血液、伤口，死死地捂住嘴，不敢哭出声来，浑身都在哆嗦——在她不知道的时候，李钟敏就是过着这样的日子吗？《少年将预备役》到底带给了他什么？

在那些风光的背后他到底付出了多少？

李钟敏……那个当年在mirslina岛上孤傲又毒舌，却还有些任性少年样子的男孩，到底去哪里了？

终于，胶着的对战结束了，医护人员呼啦围了上去，李钟敏有些疲惫地摆摆手，拒绝所有人靠近……

他坐在地上，额头的碎发落下来，挡住了黑白分明的眉眼，他的神态冷淡得可怕，只感觉在低低地喘息。过了一会儿，他像是休息过来了，吃力地起身，一步步朝场馆门口的方向走去。

下一刻，他停住，与夏媛宸四目相对。

两个人就那样无言地看着对方，李钟敏率先收回目光，仍旧是那么清冷的模样，从夏媛宸身边擦过。

就在他即将离开她身边的一瞬，夏媛宸低垂着头，倏地握住了他的手腕，问："你去哪里？"少女的声音有点儿抖。

李钟敏一言不发。

夏媛宸的胸腔里像是压了一股气，让她害怕，却更让她勇敢——她抬起头，看着他的侧脸，倔强地又问了一次："你去哪里？你受伤了，应该治疗。"

就像当年在mirslina岛，她一意孤行地拽住他说："你需要朋友。"

可惜时光荏苒，旧日不再。

李钟敏良久才垂下矜贵的目光，漠然道："与你有关吗？"他抽出手，仿佛冷笑了一下，说，"早就没有关系了。"然后，继续一步步朝着前方走去。

夏媛宸转身看着他的背影，鼻腔里酸得厉害，她眼见着他的背影一点点溶进阳光里，像过去无数次在梦里那样，消失了再也看不见。

夏媛宸突然冲到医务人员那边，拎起一个药箱就朝李钟敏追过去。

李钟敏走得很快，直到拐角处，夏媛宸才追上他，就见少年坐在树下，沐浴在清晨的阳光里。

夏媛宸停下，握紧药箱，慢慢走近，在他身前半蹲下来，轻轻抬起他的胳膊，那道还在流血的伤口足有两寸长。

夏媛宸强忍着将眼泪憋回去，拿出酒精棉给他消毒。

李钟敏沉默地看着，竟然没有拒绝，允许她一点点给自己包扎好伤口。肩膀有轻微

的扭伤,他看到夏媛宸毫不犹豫地将披肩旋转拧紧,给他固定肩胛。

"你回去必须让医生给你看看这里,我不确定是拉伤还是关节错位——"看李钟敏始终拿后脑勺儿对着自己,她忍不住扬高了声音,"喂!你听到没有?!"

李钟敏一点儿一点儿回过头来,声音轻而缓:"你有什么资格对我大喊大叫?"

夏媛宸无语。

李钟敏扯扯嘴角:"这些伤口你觉得很可怕吗?很严重吗?"他无所谓地展展双臂,就好像那个肩膀都移位的人根本不是他一样,没有痛觉一般。

"你知道我在跟你分开后过的是什么样的日子吗?"他笑问。

夏媛宸哆嗦了一下,下意识地抱着药箱瑟缩地想往后躲。

李钟敏用一种近乎残忍的目光看着她,说:"我每天负重跑、格斗、射击、爆破、翻越雷区,受的伤不计其数,你现在见到的这点儿算什么?"他拍拍自己的膝盖,指着一块有点儿怪异的凹陷说,"看到了吗?这里是我从五米高的坡上跳下来的时候摔的,差点儿再也站不起来。"

他摸摸自己的胸口,很浅的一道印,周围却扩散出一圈巨大的疤痕,说:"这里,是我在苏拉波集训时被铁丝穿透的……"

"闭嘴!别说了!"

夏媛宸猛地站起身,撞翻了药箱,哭喊,情绪渐渐崩溃:"李钟敏,你为什么要告诉我这些啊!"

"夏媛宸,我在很长的一段时间里都想不通,女生不是应该更喜欢强者吗?可为什么,装脆弱的原英焕却能得到你更多的关注。"

李钟敏站起来,他一步步前进,她一步步后退。

"那时候我真的很痛苦,我甚至怀疑自己是不是错了,我应该像他一样,把自己包装成一个废物,也许那样你就会留下来了。

"可最后我想通了,我不是原英焕,我永远没办法靠装疯卖傻博取女生的同情。"

李钟敏终于停下,立在刺目的阳光中,两手放在兜里,微微眯着眼望向太阳的方向,像自言自语一样说:"所以,我要变强,变得比以前还要强,让一切事一切人都无法再阻碍我。"

"……"夏媛宸张张嘴,却什么都说不出来。

李钟敏终于收回视线,静静地望着她:"别哭了。"

李钟敏伸出手,轻轻摸了摸她的面颊,说:"眼泪没有用,自己选的路,怎么都要走完——你是,我也是。"然后,他转过身,头也不回地朝与她背离的方向走去。

第九章

夏媛宸盯着他的背影，两手放在嘴边大喊："李钟敏！"

少年的背影顿了顿。

"也许我的离开没有成就更好的我，但至少造就了更好的你，所以请你幸福，拜托你一定要幸福！"

她的声音里带着哭腔，话到最后，已经全是哽咽。

而李钟敏，一个字都没有回答，只是伸出骨节分明的手，在空中轻轻摆了一下。接着，一步步走远，像是就此走出她的生命。

夏媛宸跪坐在地上，双手捂住脸，放声大哭。

她想回头……

她后悔了……

可是世界上谁有义务一直留在原地等她呢？

更何况是在受了那么多的伤害以后？

夏媛宸不由得想到李钟敏最初的样子，那个在mirslina岛上高高在上清冷寂寞的王子，他在很久以前就把自己封闭在那么一个怪圈里了，能够相信她，能够跟她走入热闹繁华的世界，对那个少年来说是多么不容易。

可是她没有珍惜，她把他强拉出来，见识了无数多姿多彩的事物后，也让他饱尝了无数的伤害——从身到心，体无完肤。

她甚至都觉得，自己不该再出现在他面前了。

她想去找原英焕，想跟他说回清河吧，她跟他一起回清河，再也不离开维国一步。

可是，当她流着泪跑回玫瑰园，跑到那个原英焕面前时，只是哭着无助地跪倒在他的怀里。

"他不原谅我！他再也不会原谅我了……"她的嗓子已经哭哑，无助脆弱得就像丢失了母亲的小孩儿。

原英焕紧紧抱着她，不停地说："对不起……夏媛宸，对不起……"

三个人的世界太挤，那，到底是谁来错了？

次日早上，居住在白楼的客人和玫瑰园的客人在自助餐厅里狭路相逢。

李钟敏身后依旧气势非常，由总督之子帕里斯率着一众年轻官员陪同。而另一边，以原英焕和夏媛宸为首，跟着一票非富即贵的中学生，同样浩浩荡荡。

两边的人在中厅的位置停下，彼此相距不过三米，李钟敏和夏媛宸四目相对，两个人无声相望着。

慢慢地,李钟敏朝后伸出手,一个女生从人群里走出来,低头递上一件衣服。

——是夏媛宸的披肩。

"你的。"他当众,简简单单地说出两个字。

夏媛宸难堪地低下头,闭了闭眼,踏出一步,要去接。

一个人却比她更快。

原英焕三步并作两步地冲过去,一把拽过披肩,恼火而憎恨地瞪着他:"装什么大尾巴狼?眼睛长天上了啊?!不知道从哪儿偷来的!"

"不是——"夏媛宸立刻拉住原英焕,生怕事态升级,再从哪里冒出一群保镖,紧张道,"是我不小心落下的,谢谢你给我……给我送回来……"

李钟敏一手插在兜里,依旧是简短到极致的话语:"不用,本来就是没用的东西。"

自始至终,他都没有看过原英焕一眼,答过他一个字——倒真如他所说的,在他眼里原英焕就是一只昆虫,一只完全不需要理会的昆虫。

原英焕死死地握着拳,牙齿咬得嘎嘣作响,显然愤怒极了,也不知是因为他的无视还是对夏媛宸的羞辱。

李钟敏带着付婉婉等人从原英焕身边走过,原英焕突然回头冷笑:"说什么不原谅,其实就是见异思迁吧?"

李钟敏根本不理。

"追不到夏媛宸就找了个替代品,这会让你的心情愉悦一点儿吗?"

李钟敏已经走到了拐角,背影挺得笔直。

"我要向你挑战,你敢接受吗?呵,不敢也没关系,反正你早就是个输家了,从夏媛宸开始,你注定要输我一辈子。"

李钟敏停了下来。

他目光冷厉如千年冰川上永不融化的霜雪,薄唇开启:"比什么?"

这也算是瑞斯特帝豪酒店的一次大事了。

度假村的射击场外沿被不少客人围拢起来,付婉婉仍旧安静地跟在李钟敏身边,仿佛没有什么存在感的样子,但是夏媛宸能感觉到她释放出的隐暗的敌意。

李钟敏轻轻拿起一把银色的小手枪,这是俄罗斯的最新研制品,杀伤力极大,枪口从原英焕眼前缓缓划过,能明显觉察出原英焕的身体出现了瞬间的紧绷。

"怕什么?没子弹。"他冷冷地勾唇,移开,将枪放下,说,"比这个是我欺负

Chapter 09
李钟敏，我后悔了，可以吗？
第九章

你。弩会玩吧？"

原英焕眼底微微一亮，随即故作矜傲地点点头。

两把经过改良浑身泛着冷色调金属光泽的弩被放在托盘上拿了过来，待了片刻，才有侍应生送了一盘木箭过来。

原英焕选了一支中号箭，箭头上弦，一个转身朝向远处的100米靶，"咻"的一声，正中红心。

"哇！太帅了！"

"原太子最棒！"

"威武威武——"

一群学生蹦蹦跳跳简直炸了锅，连纪秀芝脸上都忍不住露出得意之色。只有夏媛宸没那么乐观，而是颇为忧虑地望向李钟敏。

李钟敏神情淡淡地伸出手，食指在装着木箭的托盘上空缓缓划过，最终停留在较细的一支箭上。然后，平平地抬起，歪歪脖子，对焦，扣动扳机。

"……"

箭靶上，还是刚才那一支箭。

夏媛宸呆住了，她刻意用力地揉揉眼睛，甚至往前走了几步，以确认是不是像电视剧里那样，原英焕那支箭被挤掉了，但是现在靶上的箭还是红色的箭尾，原英焕刚才选的那支。

"哈哈哈哈！"

一片哄堂大笑。

清河的学生里有人咋呼起来道："喂！我说尚国的少年将就这个水平吗？！那还不如考虑来我们学校招人呢，这什么啊，完全脱靶了啊，大哥！"

帕里斯也有些莫名其妙地在李钟敏和箭靶之间看来看去。

李钟敏仍旧是那副活在自己世界里的模样，眼睛没有看向任何人，只是平静地将弩放回托盘里。

"那个，偶尔失手也是……"夏媛宸忍不住过去，低声安慰，可一句话还没说完，就听到一声低低的惊呼。

"喂，你们看！"

有人靠近，就见原英焕那支红色的箭以肉眼可见的速度缓慢裂开，裂纹寸寸向前，仿佛上古冰川碎裂融化。

啪嗒一声，终于裂到了箭头部分，箭矢变成两半落地。

原英焕的脸都绿了。

大伙都不说话了。这是怎么回事啊?

虽然原英焕的箭落地了,可箭靶上还是空的啊,李钟敏的箭呢?!

只有帕里斯看出了端倪,捂嘴偷笑了一下,对自己的秘书说:"你去拿200米的靶。"

"是。"那个金发干练的外国人小跑着去了,待了一会儿,激动地捧着已经比100米小了两圈的200米靶回来,高喊,"太神奇了!你们看,李的箭是穿透了两个靶子的红心,最后中到了200米靶上!"

的确……是太神奇了。

夏媛宸一动不动地立在那儿,看着那支仅仅距十环一厘米的箭矢,忍不住捂住了嘴。而原英焕,恶狠狠地瞪着李钟敏,恨不得用目光把他生吞活剥了。

李钟敏只是望着那靶子,一声不吭——那是他的辉煌和荣耀,这样的成绩完全可以去当特种兵的教官。

但下一刻,他却做出了一个出乎人意料的行为,他突然几步走过去,用力拽下了那支箭!

"哦!李,你干什么!"帕里斯惊呼一声,可再阻止已经来不及了,只好不无遗憾地站住,叹道,"我还想叫媒体来拍下这神奇的一幕呢,对于激励我国少年士兵很有作用啊,你为什么要急于毁掉自己的成绩呢?"

"大约来自东方人特有的谦逊吧?"金发秘书笑着在帕里斯耳边用英语风趣地解释道,"他们都不习惯受到表扬的。"

"表扬什么?"李钟敏冷笑一声,像看白痴一样看向那位秘书,轻声道,"离中心点差了21毫米,如果不是因为我今天的rival(对手)是只昆虫,我已经死了。"然后,恼火地狠狠将箭丢下,转身就朝外走。

原英焕简直要气炸了,这是什么玩意儿啊,从头到尾根本就没把他当人看!

"李钟敏!你给我站住!"他抓起带着一把木箭的托盘就朝李钟敏的后背扔去,噼里啪啦的箭雨简直让人眼花缭乱。

没人想到他会来这么一手,保镖们下意识地一股脑儿冲过去按住原英焕,谁都知道"扔"出去的箭根本没有任何力道,他们的反应是防止危险人物接下来做出进一步过激举动。

但在场的,只有一个人,她没有什么理性分析,没有经过任何应对措施培训,她的一切反应,都只源于本能——

Chapter 09
李钟敏，我后悔了，可以吗？
第九章

夏媛宸动了，在那一片箭雨刚飞到上空的时候就动了，在她冲到李钟敏身边时，余光恰好瞄到了一抹利芒。

下一刻，她倒在了血泊里，倒在了李钟敏的怀中。

李钟敏浑身都是哆嗦的。

"夏媛宸……夏媛宸……"他握着她的肩膀，感觉自己吼得很大声，可是在旁人看来，他只是动了动嘴唇，像是声带完全沙哑了，坏掉了……发不出任何声音。他的手剧烈地颤抖着，想去捂住夏媛宸的脖子，他的视线里全是红的，他看不清楚了。

"放开，你放开。"

"你先放手好吗……"

模糊的声音由远及近，最终，帕里斯"嘭"的一拳狠狠击打他的头，可李钟敏居然还是紧紧地抱着夏媛宸。

帕里斯无奈地跪到地上，冲着李钟敏的耳边大吼："你给我放开她！止血！止血你明白吗？！"

李钟敏好像终于回到了现实世界，他听到了震耳欲聋的吼声，他一点点抬起头，从嗓子里挤出了两个字："救她。"

"好……我救她，我救她。"帕里斯竖起三根手指，这个浪荡公子大概在国会都没这么郑重，说，"我发誓。"

原英焕在一旁已经呆住了，他被无数个保镖死死地按着，忽然哭吼着就要朝夏媛宸冲过来。

"夏媛宸！夏媛宸！你怎么样！你说说话啊！你看看我啊！"

凄厉的吼声，粗粝的哭喊，那么绝望。

李钟敏吃力地抱起夏媛宸，目光狠狠地盯着原英焕。

"既然保护不了他，当初为什么要带走她？你这浑蛋，除了给所有人带来麻烦，还能有什么用？！"

李钟敏大步朝疾驰而来的汽车走去，一半的侧颜冷硬如同来自地狱的阿修罗，而他怀里抱着的，尚温热的，就是他与人间唯一还关联着的温度。

夏媛宸，你别死。

你知道这会给我带来什么吗？

十年前，他的哥哥奋力将他往船上一推，然后就此消失在滔天巨浪里。

十年后，你再次推倒了我，独自倒在了一片血海里。

可是夏媛宸，你知道吗？这次我倒下了就站不起来了。

我真的……真的不行了……

帕里斯没有见过人可以这样哭,就是表情一点儿变化都没有,眼睫毛都没有眨一下,只有大滴大滴的泪珠不停地扑簌簌地流出来。

他的样子呆呆的,帕里斯甚至怀疑李钟敏现在能不能听得到他说话。当然,事实上他现在也没有任何好说的,他只想把维加斯交通局的胖子部长拽过来,狠狠地打他的大肚子,因为此时此刻,维加斯又开始了大堵车。

帕里斯无比后悔刚才为什么没有叫一架直升机,不知道现在这种地方还具不具备飞机下降把病人运上去的条件了?

"她失血多少了?"他有些麻木地问。

随行的护士小姐小心地看看帕里斯的脸色,然后对李钟敏道:"大约600毫升了,先生。"

"哦。"李钟敏面无表情地点点头,一手还握着夏媛宸的手,另一只胳膊却平平地抬起,说,"开始输血。"

"这!"护士小姐低呼,不知所措地看向帕里斯。

帕里斯也皱紧眉说:"李,我知道你很关心这位小姐,但你要记住自己的身份……"

"我和她都是AB型血。"他看了帕里斯一眼,说,"我可以不输,现在车上还有其他选择吗?"

帕里斯语塞,的确,在刚一出门他为求万全让秘书问了所有陪同人员的血型,就是没有这该死的AB型。

"那也不能用你的。"帕里斯恨恨地说。

"再过十几分钟,她可能就有生命危险了。"李钟敏俯下身,摸摸她的头发,特别小心地触碰,像是会碰疼她似的,轻声道,"我其实也不愿意把自己的命跟她绑在一起的,我活着还有很多事要做。"

然后,他竟然笑了一下,说:"不过想想,还是算了。其实都不重要了,如果夏媛宸不在了。"

人都没了,报了仇又怎样呢?

把刺杀他的人大卸八块了又怎样呢?

将原英焕那个昆虫架在火上烤烤吃了又怎样呢?

如果不是他答应要跟那个幼稚、无知、愚蠢的原英焕比什么射击,根本不可能有阴谋分子混进场地。